清明遇见诗歌

古今清明诗词选

中华诗词研究院 编

序

用中华民族最优雅的方式表达情感

◎杨志新

中国是个诗的国度。中华诗词是中华优秀传统文化的重要组成部分。从《诗经》、楚辞、汉乐府到唐诗、宋词、元曲，再到明清、近现代诗歌，中华诗河流淌至今，优秀作品璨若明珠。

党的十八大后，中央提出了传承和发展中华优秀传统文化的时代任务，并且作出了许多重要的安排部署。习近平总书记在不同场合的讲话中多次强调诗词的独特魅力和作用，他说"学诗可以情飞扬、志高昂、人灵秀"，"古诗文经典已融入中华民族的血脉，成了我们的基因"，"语文课应该学古诗文经典，把中华民族优秀传统文化不断传承下去"。刘云山、刘奇葆等中央领导同志都对新形势下传承和发展中华诗词提出过明确要求。马凯同志作为国务院领导同志，多年来给予诗词界巨大的关怀，为推动中华诗词的复苏、复兴，付出了无数心血。他曾在《努力办好中华诗词研究院》的讲话中指出："中华诗词以汉字为载体，借助于汉字方块、独体、单音、四声的独特优势，按照美学规律的格律规则，形成了同时兼有均齐美、节奏美、音乐美、对称美和简洁美的大美诗体。""中华诗词在记载历史、传承文化，启迪思想、陶冶情操，交流情感、享受艺术，丰富人的精神世界、提升中华民族凝聚力、推动社会文明进步等方面，发挥了重要的作用。中华诗词是中华文化瑰宝中的明珠，也是人类文明的共同财富。"

当前，经过一段历史曲折后，中华诗词在当代逐渐萌发出巨大的活力，越来越多的人读诗、写诗、研究诗，收藏、整理诗词文化典籍，传播中华诗词文化。2015年10月中央出台的《关于繁荣发展社会主义文艺的意见》，以及2017年年初，中共中央办公厅、国务院办公厅联合下发的《关于实施中华优秀传统文化传承发展工程的意见》和最近两办联合印发的《国家"十三五"时期文化发展改革规划纲要》，都对传承和发展中华诗词文化提出了明确要求。可以看出，在传承和发展中华优秀传统文化、增加国家文化自信、助推中华民族伟大复兴的历史任务中，党和国家把中华诗词放在了重要的位置上。

在传承和发展中华优秀传统文化的时代背景下，国务院参事室党组书记、主任王仲伟、中央文史研究馆馆长兼中华诗词研究院院长袁行霈，高度重视发挥中华诗词在增强国家文化自信、助推中华民族文化复兴中的作用，要求中华诗词研究院要贯彻落实好习近平总书记关于传承和发展中华优秀传统文化系列重要讲话精神，关注社会情感节点，发掘和传承、弘扬中华传统节日文化，举办好毕业季、清明和重阳等综合性文化活动，倡导全社会用中华民族最优雅的方式中华诗词表达情感。

清明节自古就是中华民族的传统节日。早在战国时期，中国人就有寒食、祭祀、悼亡的传统。宋元以后，清明逐渐被重视，寒食清明相连，成为中国人表达对大自然和祖先的敬畏、抒发美好春思的重要节日。新中国成立后，寒食清明被法定为清明节，更增加了在此节日里，国家、社会和普通民众，都在用多种形式表达对民族先贤、革命先烈和族亲先辈的无尽追思和怀念。2017年3月中下旬到4月初，中华诗词研究院联合华鼎国学研究基金会、中央人民广播电台"当诗遇见歌"栏目组、中国教育电视台、首都互联网协会和众多媒体，隆重举办了中华诗词网络平台系列活动之"清明遇见诗歌"活动。活动以纪念先贤、先烈、先祖为主题，采取"互联网+"方式，注重线上线下结合互动；成立活动组委会，邀请领导和文化名家参与；开展"全球清明共读一首诗"活动；利用网站和微信平台编发了二百六十三首历代关于清明题材的诗词作品；邀请了近百位当代诗词作者撰写纪念先贤、先烈、先祖的诗词作品，并在网站和微信平台分期编发。3月31日，在国家博物馆举办了"清明遇见诗歌"专场诗词文化活动。活动由中央人民广播电台"当诗遇见歌"栏目、首都互联网协会组织现场直播后，100多万网友观看了网络直播。

我们现将活动中发掘的历代清明题材的诗词作品和在网站、微信平台推送的当代诗人撰写的诗词作品编辑成书，供传播交流。

要说明的是，历代（包括古代和近现代）清明主题的诗词从数量到主题都非常丰富，鉴于时间、人力、物力的限制，我们只能选择其中较有代表性的篇章，具体来讲，我们是从以下十个方面选择历代清明诗词的。

1. 祭祀篇，寒食清明的主要活动是祭祀，从国家层面到百姓家庭，都要对先祖家人进行祭祀活动，本书精选了历代国家祭祀仪式上的雅颂诗章及描写祭祀的民歌、文人作品十六首；

2. 悼亡篇，怀念亡人是清明的又一重要主题，本书选了历代优秀清明悼亡诗五十一首；

3. 风俗篇：寒食清明有独特的风俗传统，如寒食、蹴鞠、荡秋千、斗鸡等，本书选了历代描写这些风俗的诗篇十七首；

4. 登游篇：临高郊游是清明的重要传统，本书选择历代描写清明春游的优秀作品十六首；

5. 怀人篇：清明也是思念亲人的季节，历代诗人多有清明怀人之咏，本书收录其优秀者三十五首；

6. 春宴篇：宋元以后，清明春宴逐渐成为了从政府到民间的一大传统，各级政府宴犒百官，黎民百姓宴请亲朋，诗人们免不了于其中咏发情怀，本书择录其中优秀者十七首；

7. 春闱篇：有了科举以后，春闱即定于清明时，所以历代清明诗词中有不少是描写春闱情怀的，上榜的高兴，落第的失望，本书择录其优秀者七首；

8. 春愁篇：清明诗词中，大部分离不开春愁主题，其中很多诗词专门描写春愁，本书择其优秀者四十五首；

9. 即事篇：清明时节迎来送往，事务繁多，这些在历代诗人笔下都有体现，本书特别选择了三十一首历代描写清明事务的诗词；

10. 即景篇，寒食清明，春景初启，清明诗词中有大量专门描写春景以抒怀的作品，本书择其中二十八首收录。

对于当代作品，则因为其主题相对统一，择编于一处。封底上公示有"清明遇见诗歌"专场诗词文化活动网站视频的二维码，读者可扫描欣赏。

在此，也对中华诗词研究院举办清明诗词文化活动和编纂本书给予大力支持的华鼎国学研究基金会、中央人民广播电台、首都互联网协会和中央电视台梅地亚中心、中国书籍出版社，以及徐洁女士、刘晓红女士、赵安民先生等，致以感谢和敬意！

2017 年 8 月

（序言作者系中华诗词研究院副院长）

目 录

序　杨志新 1

古代清明诗词选

一、先秦 3

　　诗经·唐风·葛生 3
　　诗经·邶风·绿衣 4
　　诗经·小雅·蓼莪 4
　　九歌·国殇　屈原 5
　　乐府·迎神歌八解　谢朓 5

二、魏晋

蚕丛诗四章　无名氏 6

三、南北朝

周祀五帝歌（十二首其三）　庾信 8
齐雩祭歌·青帝　谢朓 9
悼亡诗　沈约 10
梁明堂登歌（五首其一）　沈约 10
明德凯容乐（明帝室）　王俭 11

四、隋

社稷歌（四首选二）　牛弘等奉诏作 12
齐明堂乐歌（十五首其九）　无名氏 13
五郊乐歌（五首其一）　无名氏 14
青帝歌　无名氏 14

五、唐

郊庙歌辞·五郊乐章·雍和　魏徵 15
郊庙歌辞·武后明堂乐章·皇嗣出入升降　武则天 16
镂鸡子　骆宾王 16
清明日龙门游泛　李峤 16
岭表逢寒食　沈佺期 17
和上巳连寒食有怀京洛　沈佺期 17
清明日诏宴宁王山池赋得飞字　张说 18

目　录

奉和圣制初入秦川路寒食应制　张说	18
寒食宴于中舍别驾兄弟宅　苏颋	19
初入秦川路逢寒食　李隆基	19
清明日宴梅道士房　孟浩然	20
清明即事　孟浩然	20
寒食城东即事　王维	21
送綦毋潜落第还乡　王维	21
寒食　孟云卿	22
清明后登城眺望　刘长卿	22
春望寄王涔阳　刘长卿	22
清明宴司勋刘郎中别业　祖咏	23
清明　杜甫	23
清明（二首）　杜甫	24
阊门即事　张继	25
清明日青龙寺上方赋得多字　皇甫冉	25
徐州送丘侍御之越　皇甫冉	25
同颜使君清明日游，因送萧主簿　皎然	26
吊灵均词　皎然	26
寒食后北楼作　韦应物	27
吊国殇　孟郊	27
清明日登城春望寄大夫使君　王表	27
寒食下第　武元衡	28
寒食宴城北山池，即故郡守荥阳郑钢目为折柳亭　羊士谔	28
上巳接清明游宴　独孤良弼	28
寒食夜寄姚侍郎　张籍	29
寒食内宴（二首）　张籍	29

同锦州胡郎中清明日对雨西亭宴　张籍	30
清明日赐百僚新火　郑辕	30
寒食夜有怀　白居易	31
中书连直寒食不归因怀元九　白居易	31
清明日登老君阁望洛城赠韩道士　白居易	32
和杨同州寒食乾坑会后闻杨工部欲到知予与工部有嗽水之期荣喜虽多欢宴且阻辱示长句因而答之　白居易	32
送常秀才下第东归　白居易	33
清明日园林寄友人　贾岛	33
悼亡妻韦丛诗：遣悲怀（三首）　元稹	33
扬州春词（三首其一）　姚合	34
思山居一十首·清明后忆山中　李德裕	35
寒食夜池上对月怀友　雍陶	35
洛阳清明日雨霁　李正封	35
东都所居寒食下作　陈润	36
柳　李商隐	36
长安清明言怀　顾非熊	37
长沙春望寄涔阳故人　李群玉	37
寒食前有怀　温庭筠	37
清明日　温庭筠	38
君不见　薛逢	38
清明日曲江怀友　罗隐	39
长安清明　韦庄	39
丙辰年鄌州遇寒食城外醉吟（五首）　韦庄	40
寒食日重游李氏园亭有怀　韩偓	41
秋千　韩偓	41

目 录

登第后寒食杏园有宴，因寄录事宋垂文同年　皮日休..................42
寒食都门作　胡曾..................42
旅寓洛南村舍　郑谷..................42
鄂渚清明日与乡友登头陀山　来鹄..................43
清明日与友人游玉粒塘庄　来鹄..................43
毗陵道中　唐彦谦..................44
寒食日怀寄友人　齐己..................44
寒食夜　崔道融..................44
金谷园落花　李建勋..................45
宫词　花蕊夫人徐氏..................45
岳阳云梦亭看莲花　崔橹..................45
清明登奉先城楼　罗衮..................46
清明赤水寺居　罗衮..................46

六、南唐..................47

客中寒食　李中..................47
蝶恋花　李煜..................47

七、宋..................48

西平乐　柳永..................48
寒食　夏竦..................49
破阵子　晏殊..................49
暮春感兴　宋庠..................49
兴庆池禊宴　刘涣..................50
湖州寒食陪太守南园宴　梅尧臣..................50
天圣五年春省试献羔开冰　文彦博..................51

寒食招和叔游园　苏舜钦	51
寒食日常州宴春园　陈襄	52
昔游　郑獬	52
送李绛伯华户曹　郭祥正	52
南歌子　苏轼	53
南歌子·晚春　苏轼	53
木兰花令　苏轼	53
寒食宴提刑致语口号　苏轼	54
寒食（二首其二）　苏辙	54
寒食宴北山席上走笔得松字　孔平仲	55
对酒次前韵寄怀元翁　黄庭坚	55
路西田舍示虞孙小诗（二十四首其五）　李之仪	56
俞清老挽词（二首其二）　李之仪	56
近清明（二首其二）　张耒	56
寒食日同妇子辈东园小宴　张耒	57
浣溪沙·寒食初晴，桃杏皆已零落，独牡丹欲开　毛滂	57
水龙吟·三月十日西湖宴客作　叶梦得	57
寒食日孟司理送酒　王庭珪	58
挽易氏　王庭珪	58
癸丑寒食曹山饭僧荐章淑人不胜悼往之怀书二诗于方丈屋壁（其一）　孙觌	58
清明日作　赵佶	59
宫词（二百九十八首其四十九）　赵佶	59
点绛唇·春愁　赵鼎	59
寒食　朱弁	60
次友人寒食书怀韵（二首）　张元干	60

目 录

再次韵寄朱希真（二首其一）　张嵲 …………………………… 61

令节即事简睎仲德施　胡寅 …………………………………… 61

乡人项服善宰鄱阳有政声人惜其去用郡圃栽花韵作诗数篇叙别遂和以送之（四首其三）　王十朋 …………………………… 62

浣溪沙（六首其五）　赵彦端 ………………………………… 62

寒食客中有怀　范成大 ………………………………………… 62

薛舍人母方氏太恭人挽章（二首其一）　杨万里 …………… 63

紫牡丹（二首其二）　杨万里 ………………………………… 63

清明雨寒（八首其一）　杨万里 ……………………………… 63

蝶恋花　赵令畤 ………………………………………………… 64

寒食怀西湖去岁游从　李洪 …………………………………… 64

恋芳春慢（寒食前进）　万俟咏 ……………………………… 64

眼儿媚　朱淑真 ………………………………………………… 65

寒食咏怀　朱淑真 ……………………………………………… 65

寒食雨中（二首其一）　杨冠卿 ……………………………… 65

挽潘孺人（二首其二）　黄干 ………………………………… 66

次韵昌甫寒食（三首其一）　韩淲 …………………………… 66

寒食前三日野步乌龙山中石上往往多新芽手撷盈匊酌玉泉煮之芳甘特甚有怀伯承兄赋此以寄　张栻 ………………………… 66

寒食怀游诚之　周南 …………………………………………… 67

寿楼春·寻春服感念　史达祖 ………………………………… 67

杏花天·清明　史达祖 ………………………………………… 68

沁园春·赋子规　方岳 ………………………………………… 68

锦帐春·淮东陈提举清明奉母夫人游徐仙翁庵　戴复古 …… 68

西江月　卢祖皋 ………………………………………………… 69

张运判（师夔）挽诗　魏了翁 ………………………………… 69

山郭检踏途中闻杜鹃　王迈	69
寒食清明（二首其二）　刘克庄	70
哭孙季蕃（二首其二）　刘克庄	70
念奴娇（寒食次卢野涉，并怀孙季蕃）　赵以夫	70
满江红·金陵乌衣园　吴潜	71
立春都堂受誓祭九宫坛（二首）　方岳	71
清明　方岳	72
寒食（二首其二）　林希逸	72
菩萨蛮　张抡	72
客枕闻鹃　吴锡畴	73
杨柳清明近（二首其二）　舒岳祥	73
断肠声（寓南歌子）　张辑	73
挽罗榷院子远（三首其一）　刘应凤	74
临江仙·暮春　赵长卿	74
摸鱼儿　何梦桂	75
挽汝南袁君（三首其一）　何梦桂	75
行春次俞兄韵（二首其一）　吴龙翰	76
鹧鸪天·清明　周密	76
寒食　文天祥	76
幽州寒食游江乡园　汪元量	77
清明次韵周君会（二首其一）　于石	77
齐天乐·客长安赋　王易简	77

八、金 78

清平道中　马定国	78
清水寒食感怀　李献可	78

目 录

　　寒食阻雨招元功会话　刘迎 79

　　春郊　刘瞻 79

　　柳　吕中孚 79

九、元 80

　　清明有怀　陈天锡 80

　　清明日宴集贤宋学士园时梨花盛开诸老属仆同赋　鲜于枢 ... 81

　　先兄正献公坟所寒食（五首其二）　宋褧 81

　　都城杂咏（四首其三）　宋褧 82

　　挽陈尧　贡师泰 82

十、元末明初 83

　　竹枝词（八首其六）　倪瓒 83

　　送陈秀才归沙上看墓　高启 83

十一、明 84

　　清明　李时勉 84

　　尉迟将军墓　陈琏 85

　　千秋岁　徐有贞 85

　　梨花　沈周 85

　　中丞徐公追挽先君三章甫至举寒食奠感叹之馀因成二绝奉报　王世贞 86

　　清明日偶成（四首其一）　王世贞 86

　　清明日偶题（二首其二）　王世贞 87

　　蹴鞠行　邓云霄 87

拟古杂体（十九首并序其一十二） 邓云霄 87
落花诗（三十首其二十） 邓云霄 88
喜迁莺·清明 高濂 88
辛巳仲春京口望茅止生翔舟不至感述（三首其三） 于鉴之 89
怀王澄伯卧病 沈野 89

十二、明末清初 90

清明前一日 李渔 90
怨歌（二首其二） 髡残 91
贺新郎·寒食写怨 王夫之 91
见燕 丁澎 91
寒食渡江 毛奇龄 92
秋日闲居之作（十首其七） 屈大均 92

十三、清 93

雨中花·风情 王士祯 93
挽硕堂老人十章历序平生相遇之缘（其六） 成鹫 93
清明野步有感 李寄 94
虞美人·春日偶成 杨芸 94
途中阻雨有怀 王辰顺 94
临江仙·清明前二日，买舟扫祭，即事感赋 范贞仪 95
次韵何廉昉太守感怀述事（十六首选一） 曾国藩 95
蝶恋花 吴重憙 96
己酉清明同运甫晚望 冯煦 96
江南好 冯煦 96

琵琶仙　冯煦	97
乙巳清明日哭三儿（二首）　方仁渊	97
木兰花　樊增祥	98
菩萨蛮·清明梦先母与女，思乡感作　许禧身	98
清明日游白云山（二首其二）　丘逢甲	99
春日杂诗（二首其二）　丘逢甲	99

十四、清末民国初 100

六幺令·清明　张慎仪	100
调笑令·春闺　洪炳文	101
次肖蝓留别韵即送入都　陈宝琛	101
念奴娇　沈曾植	101
清平乐　沈曾植	102
南浦·用张玉田春水韵　陈衍	102
雨霖铃·春感　陈祖绶	102
泛舟虎阜因吊五人之墓自春徂夏盖三至矣（三首其二）　夏孙桐	103
摸鱼子·清明雨夜泊英德，寄弟闰生　朱祖谋	103
蝶恋花　朱祖谋	104
七里泷登西钓台吊谢皋羽先生　俞明震	104
义军追悼会（二首其一）　骆成骧	105
都门清明日有感　许南英	105
瑞鹤仙·春阴　何振岱	105
兰陵王　李岳瑞	106
扫花游·江路清明和梦窗　陈洵	106
蝶恋花（二首）　冯开	107

清明谒袁督师墓　黄节	107
扫花游·清明　吕惠如	108
临江仙（二首其二）　许宝蘅	109
蝶恋花·春阴，拟六一　姚华	109
寒食节宴集韬庵寓所　郁曼陀	109
曲游春·次周草窗韵　吴湖帆	110
醉花阴·清明（二首）　邹韬	110
金缕曲·吊四川邹容墓　邹韬	111
清明同友人游八卦山（二首其一）　陈肇兴	111
云南起义纪念日，依韵和邃汉室主人率成二律　夏子麟	112

近现代清明诗词选

吊张荩忱将军　董必武	115
挽左权同志　董必武	115
题赵一曼纪念馆　郭沫若	116
北归草七绝（廿五首其八）　黄松鹤	116
与莲英淑贞过黄花岗七十二烈士墓　黄松鹤	116
吊刘烈士炳生（八首选二）　柳亚子	117
三姝媚　龙榆生	117
悼杨铨　鲁迅	118
惯于长夜过春时　鲁迅	118
八声甘州　吕小薇	119
蝶恋花·答李淑一　毛泽东	119
祭黄帝文　毛泽东	120

访丘东来烈士陵园故居（三首选一）　聂绀弩 121
访丘东来烈士陵园故居（又三首选一）　聂绀弩 121
陈烈士祠　沙曾达 121
满江红　苏渊雷 122
蝶恋花　汪东 122
临江仙　王季思 123
悼亡妻诗（二首）　王世襄 123
吊许建业烈士　许晓轩 124
酹江月·客中清明　张伯驹 125
挽空军傅啸宇烈士　张钇生 125
蝶恋花·黄花岗七十周年祭　朱庸斋 126

当代清明诗词选

丙戌清明后一日，甘棠诗社玉渊潭樱花雅集，相约步海藏楼
《樱花花下作》韵（四首选三）　伯昏子 129
蝶恋花·丙寅清明　蔡淑萍 130
清明诗（三首）　陈仁德 130
宿汶川卧龙山庄夜梦先父大哭而醒，枕上成此　陈仁德 131
先慈忌日作　陈永正 131
御街行·壬寅送春和樵风先生　陈永正 132
蝶恋花（三首其三）　陈永正 132
忆少年·清明梨花　陈永正 132
高阳台·挽分春师　陈永正 133
五·一二汶川大地震（九首选二）　陈忠平 133

己卯清明后三日记　褚宝增	134
清明印象　褚宝增	134
遥望人民英雄纪念碑　丁品	135
鹧鸪天（二首）·悼104岁老红军廖鼎琳将军　方国礼	135
清明（外一首）　冯平川	136
参观兴国将军园　傅义	136
清明祭抗日英烈（二首）　高昌	137
烛影摇红·春明　郭大昌	137
金缕曲·纪念马宗汉烈士　韩雪松	138
清明　郝向阳	138
清明（外二首）　鹤冲天	139
春暮乡村即景（二首其二）　何永沂	140
待春　何永沂	140
哭聂翁绀弩（二首其一）　何永沂	140
清明祭父有告　何永沂	141
清明前二日至共青城胡耀邦墓前冥思　胡迎建	141
清明节祭鄱阳湖东畔康山忠臣庙　胡迎建	142
清明遥祭轩辕庙　胡迎建	142
壬辰清明至父母墓前　胡迎建	142
辛卯清明节前二日参加祭扫文天祥陵园　胡迎建	143
八声甘州·清明　皇甫麓	143
清明悼维和英雄三烈士　黄培友	144
点绛唇·寒食（二首其一）　黄绮	144
满江红·清明节北山烈士陵园扫墓　贾庆军	144
解佩令·悼外婆　江合友	145
读吴战垒撰西泠印社甲申清明祭先贤遗文哭缀一绝　金鉴才	145

目　录

贤山公墓祭亲　李广彬	145
浪淘沙·清明感怀（外二首）　李世峰	146
七律·中华传统节日（四首选一）　李文朝	147
浣溪沙·清明（四首）　李文佑	147
浣溪沙·清明祭祖　林峰	148
黄花岗七十二烈士　林峰	148
秋瑾　林峰	148
谢子长　林峰	149
卜算子·清明有寄　刘洪云	149
纪念董振堂将军　刘庆霖	149
戊子夏，四川汶川巨震，伤亡破坏惨重。举国震悼。	
诗以哀之　刘斯奋	150
水龙吟·清明节忆父　柳琰	150
浪淘沙·清明祭祖感赋　刘智华	150
浣溪沙（三首其一）　卢青山	151
清明谒张自忠将军雕像　罗金华	151
抗震组诗（十首选五）　马凯	151
杨开慧颂　潘泓	154
痛心篇（二十首并序选五）　启功	154
率部祭扫抗日烈士陵园（二首）　瞿险峰	156
清明答友　任松林	156
忠魂祭——清明悼念因公牺牲民警李绍波同志诗词（六首）　芮自能	157
谒沈阳抗美援朝烈士陵园（三首选一）　沈世勇	158
清明瞻仰周总理纪念馆有感（二首）　舒晴	159
抗日英烈祭（五首选三）　宋彩霞	159
清平乐·清明　陶铸	160

清明　田应江	161
爆破英雄马立训赞　王改正	161
马本斋英雄母子　王改正	161
清贫歌赞方志敏　王改正	162
虽死犹生刘志丹　王改正	162
临江仙·故乡清明　王海亮	163
清明　王建强	163
哀汶川震灾　王引	163
浣溪纱·谒谭嗣同故居　王蛰堪	164
浣溪纱·清明　魏新河	164
满江红·哀汶川　魏新河	164
清明祭彭德怀元帅（三首）　吴成岱	165
清明（二首）　吴灏	166
清明七律（五首）　吴化强	166
丙戌清明后一日京城小雨夹雪甘棠诗社邀游玉渊潭赏樱花相约步海藏楼韵（四首其二）　吴金水	168
癸巳清明前一日祭扫长句以记　吴金水	168
清明前一日晦窗来京小酌相约赋此　吴金水	169
辛卯小清明拾梦斋雅集　吴金水	169
念奴娇·追思焦裕禄　习近平	169
清明过黄蔡墓（二首其一）　熊东遨	170
丙申清明登乐游原看樱花　徐长鸿	170
丙申清明登西安古城　徐长鸿	171
蝶恋花·清明祭先烈（外二首）　许传利	171
清明诗组诗（四首）　薛景	172
女冠子·祭恩师（外一首）　嬿郅	173

目 录

诉衷情·念彭德怀　野夫 174

清明踏青　易行 174

清明夜行　易行 175

清明翌日　易行 175

自律词·清明　易行 175

清明悼念先烈　银昱 176

念奴娇·也咏焦裕禄书记　岳阳 176

清明怀父诗词（五首）　曾峥 177

清明登雨花台（外二首）　紫汐 178

点绛唇　紫韵 179

纪念邓小平同志诞辰110周年（三首）　张功文 180

清明祭　张国忠 181

江城子·悼胡耀邦　张海鸥 181

汶川大地震后痛思　张海鸥 181

清明节祭敬爱的周总理（二首）　张文华 182

破阵子·清明　张玉子 182

同寐堂兄过羊城访云泉居酒老晤永新兄值汶川大震第二日　张月宇 183

虞美人·怀鉴湖女侠　张忠梅 183

秦楼月·清明夜天安门广场祭奠先烈　赵安民 183

网上祭英烈感赋　赵日新 184

清明　赵天然 184

鹧鸪天·清明　赵天然 184

行香子·己丑清明踏青（外二首）　郑虹霓 185

金缕曲·悼宋亦英吟长　郑虹霓 186

过亡友旧居　郑力 186

缅怀邓世昌　郑世雄 187

七律·探访浮图峪长城暨孟良城遗迹　郑有光 187

浣溪沙·清明（外二首）　周爱霞 187

清明（五首）　周逢俊 188

谒拜北京西山无名英雄纪念碑感赋　朱怀信 190

如梦令·清明意　网络诗人"allenw73" 190

采桑子·清明节祭父母　网络诗人"翠竹189" 190

清明有祭　网络诗人"如果" 191

清明　网络诗人"潭k影r心" 191

清明忆故人　网络诗人"叶伴霜飞" 191

浪淘沙·岳麓山清明怀古黄兴　网络诗人"渔翁钓叟" 192

清明　网络诗人"云海萧音" 192

新　诗

清明　孤城 195

父亲　李文佑 197

清明　王伟 200

清明——国魂永存！　紫韵 203

历代清明诗词索引 205

古代清明诗词选

一、先秦

诗经·唐风·葛生

葛生蒙楚，蔹蔓于野。予美亡此，谁与独处！
葛生蒙棘，蔹蔓于域。予美亡此，谁与独息！
角枕粲兮，锦衾烂兮。予美亡此，谁与独旦。
夏之日，冬之夜。百岁之后，归于其居！
冬之夜，夏之日。百岁之后，归于其室！

诗经·邶风·绿衣

绿兮衣兮，绿衣黄里。心之忧矣，曷维其已！
绿兮衣兮，绿衣黄裳。心之忧矣，曷维其亡！
绿兮丝兮，女所治兮。我思古人，俾无訧兮。
絺兮绤兮，凄其以风。我思古人，实获我心。

诗经·小雅·蓼莪

蓼蓼者莪，匪莪伊蒿。哀哀父母，生我劬劳。
蓼蓼者莪，匪莪伊蔚。哀哀父母，生我劳瘁。
瓶之罄矣，维罍之耻。鲜民之生，不如死之久矣！无父何怙？无母何恃？出则衔恤，入则靡至！
父兮生我，母兮鞠我。拊我畜我，长我育我，顾我复我，出入腹我。欲报之德，昊天罔极！
南山烈烈，飘风发发。民莫不穀，我独何害！
南山律律，飘风弗弗。民莫不穀，我独不卒！

九歌·国殇

◎屈　原

操吴戈兮被犀甲，车错毂兮短兵接。
旌蔽日兮敌若云，矢交坠兮士争先。
凌余阵兮躐余行，左骖殪兮右刃伤。
霾两轮兮絷四马，援玉枹兮击鸣鼓。
天时怼兮威灵怒，严杀尽兮弃原野。
出不入兮往不反，平原忽兮路超远。
带长剑兮挟秦弓，首身离兮心不惩。
诚既勇兮又以武，终刚强兮不可凌。
身既死兮神以灵，子魂魄兮为鬼雄。

乐府·迎神歌八解

◎谢　朓

清明畅，礼乐新。候龙景，练贞辰。
阳律亢，阴晷伏。秅下土，荐穜稑。
震仪警，王度乾。嗟云汉，望昊天。
张盛乐，奏《云舞》。集五精，延帝祖。
雩有讽，禜有秩。肸蚃芬，圭瓒瑟。
灵之来，帝闾开。车煜耀，吹徘徊。
停龙牺，遍观此。冻雨飞，祥风靡。
坛可临，奠可歆。对泯祉，鉴皇心。

二、魏晋

蚕丛诗四章

◎无名氏

《华阳国志》曰:"其民质直好义。土风敦厚。有先民之流。"故其《诗》曰:

其 一

川崖惟平,其稼多黍。
旨酒嘉谷,可以养父。
野惟阜丘,彼稷多有。
嘉谷旨酒,可以养母。

其二　祭祀之诗

惟月孟春，獭祭彼崖。
永言孝思，享祀孔嘉。
彼黍既洁，彼仪既泽。
蒸命良辰，祖考来格。
日月明明，亦惟其史。
谁能长生，不朽难获。
惟德实实，富贵何常。
我思古人，令问令望。

其三　好古乐道之诗

日月明明，亦惟其夕。
谁能长生，不朽难获。

其四　好士乐道之诗

惟德实宝，富贵何常。
我思古人，令问令望。

三、南北朝

周祀五帝歌（十二首其三）

◎庾　信

青帝云门舞

甲在日，鸟中星。
礼东后，奠苍灵。
树春旗，命青史。
候雁还，东风起。

歌木德，舞震宫。
泗滨石，龙门桐。
孟之月，阳之天。
亿斯庆，兆斯年。

齐雩祭歌·青帝

◎谢　朓

其　一

营翼日，鸟殷宵。
凝冰泮，玄蛰昭。

其　二

景阳阳，风习习。
女夷歌，东皇集。

其　三

樽春酒，秉青珪。
命田祖，渥群黎。

悼亡诗

◎沈 约

去秋三五月，今秋还照梁。
今春兰蕙草，来春复吐芳。
悲哉人道异，一谢永销亡。
帘屏既毁撤，帷席更施张。
游尘掩虚座，孤帐覆空床。
万事无不尽，徒令存者伤。

梁明堂登歌（五首其一）

◎沈 约

歌青帝辞

帝居在震，龙德司春。
开元布泽，含和尚仁。
群居既散，岁云阳止。
饬农分地，民粒惟始。
雕梁绣栱，丹楹玉墀。
灵威以降，百福来绥。

明德凯容乐（明帝室）

◎王　俭

多难固业，殷忧启圣。帝宗缵武，维时执竞。起柳献祥，百堵兴咏。义虽祀夏，功符受命。远无不怀，迩无不肃。其仪济济，其容穆穆。赫矣群临，昭哉嗣服。允王惟后，膺此多福。礼以昭事，乐以感灵。八簋陈室，六舞充庭。观德在庙，象德在形。四海来祭，万国咸宁。

四、隋

社稷歌（四首选二）

◎牛弘等奉诏作

春祈社誠夏

厚地开灵，方坛崇祀。
达以风露，树之松梓。
勾萌既申，荄柞伊始。
恭祈粢盛，载膺休祉。

春祈稷誠夏

粒食兴教，播厥有先。
尊神致絜，报本惟虔。
瞻榆束耒，望杏开田。
方凭戬福，伫咏丰年。

齐明堂乐歌（十五首其九）

◎无名氏

青帝歌

参映夕，驷昭晨。
灵乘震，司青春。
雁将向，桐始蕤。
和风舞，暄光迟。
萌动达，万品亲。
润无际，泽无垠。

五郊乐歌（五首其一）

◎无名氏

青帝高明乐

岁云献，谷风归。
斗东指，雁北飞。
电鞭激，雷车遽。
虹旌靡，青龙驭。
和气洽，具物滋。
翻降止，应帝期。

青帝歌

◎无名氏

东望重拜手，苍帝玉皇君。
灵风鼓橐籥，育物布元春。
云龙辔严驾，玉衡拥琼轮。
枯萌泛沾及，大惠无不均。
万仙歌以道，委曲戒天人。
心根迷自固，拱跽戴鸿仁。

五、唐

郊庙歌辞·五郊乐章·雍和

◎魏　徵

大乐稀音，至诚简礼。
文物棣棣，声名济济。
六变有成，三登无体。
乃眷丰絜，恩覃恺悌。

郊庙歌辞·武后明堂乐章·皇嗣出入升降

◎ 武则天

至人光俗,大孝通神。
谦以表性,恭惟立身。
洪规载启,茂典方陈。
誉隆三善,祥开万春。

镂鸡子

◎ 骆宾王

幸遇清明节,欣逢旧练人。
刻花争脸态,写月竞眉新。
晕罢空馀月,诗成并道春。
谁知怀玉者,含响未吟晨。

清明日龙门游泛

◎ 李峤

晴晓国门通,都门蔼将发。
纷纷洛阳道,南望伊川阙。

衍漾乘和风，清明送芬月。
林窥二山动，水见千笼越。
罗袂冒杨丝，香桡犯苔发。
群心行乐未，唯恐流芳歇。

岭表逢寒食

◎沈佺期

驩州风土不作寒食。
岭外无寒食，春来不见饧。洛阳新甲子，何日是清明。
花柳争朝发，轩车满路迎。帝乡遥可念，肠断报亲情。

和上巳连寒食有怀京洛

◎沈佺期

天津御柳碧遥遥，轩骑相从半下朝。
行乐光辉寒食借，太平歌舞晚春饶。
红妆楼下东回辇，青草洲边南渡桥。
坐见司空扫西第，看君侍从落花朝。

清明日诏宴宁王山池赋得飞字

◎张 说

今日清明宴，佳境惜芳菲。
摇扬花杂下，娇啭莺乱飞。
绿渚传歌榜，红桥度舞旂。
和风偏应律，细雨不沾衣。
承恩如改火，春去春来归。

奉和圣制初入秦川路寒食应制

◎张 说

上阳柳色唤春归，临渭桃花拂水飞。
总为朝廷巡幸去，顿教京洛少光辉。
昨从分陕山南口，驰道依依渐花柳。
入关正投寒食前，还京遂落清明后。
路上天心重豫游，御前恩赐特风流。
便幕那能镂鸡子，行宫善巧帖毛球。
渭桥南渡花如扑，麦陇青青断人目。
汉家行树直新丰，秦地骊山抱温谷。
香池春溜水初平，预欢浴日照京城。
今岁随宜过寒食，明年陪宴作清明。

寒食宴于中舍别驾兄弟宅

◎苏　颋

子推山上歌龙罢，定国门前结驷来。
始睹元昆锵玉至，旋闻季子佩刀回。
晴花处处因风起，御柳条条向日开。
自有长筵欢不极，还将彩服咏南陔。

初入秦川路逢寒食

◎李隆基

洛阳芳树映天津，灞岸垂杨窣地新。
直为经过行处乐，不知虚度两京春。
去年馀闰今春早，曙色和风著花草。
可怜寒食与清明，光辉并在长安道。
自从关路入秦川，争道何人不戏鞭。
公子途中妨蹴鞠，佳人马上废秋千。
渭水长桥今欲渡，葱葱渐见新丰树。
远看骊岫入云霄，预想汤池起烟雾。
烟雾氤氲水殿开，暂拂香轮归去来。
今岁清明行已晚，明年寒食更相陪。

清明日宴梅道士房

◎孟浩然

林卧愁春尽,开轩览物华。
忽逢青鸟使,邀入赤松家。
丹灶初开火,仙桃正落花。
童颜若可驻,何惜醉流霞。

清明即事

◎孟浩然

帝里重清明,人心自愁思。
车声上路合,柳色东城翠。
花落草齐生,莺飞蝶双戏。
空堂坐相忆,酌茗聊代醉。

寒食城东即事

◎王　维

清溪一道穿桃李，演漾绿蒲涵白芷。
溪上人家凡几家，落花半落东流水。
蹴鞠屡过飞鸟上，秋千竞出垂杨里。
少年分日作遨游，不用清明兼上巳。

送綦毋潜落第还乡

◎王　维

圣代无隐者，英灵尽来归。
遂令东山客，不得顾采薇。
既至君门远，孰云吾道非。
江淮度寒食，京洛缝春衣。
置酒临长道，同心与我违。
行当浮桂棹，未几拂荆扉。
远树带行客，孤村当落晖。
吾谋适不用，勿谓知音稀。

寒 食

◎孟云卿

二月江南花满枝，他乡寒食远堪悲。
贫居往往无烟火，不独明朝为子推。

清明后登城眺望

◎刘长卿

风景清明后，云山睥睨前。
百花如旧日，万井出新烟。
草色无空地，江流合远天。
长安在何处，遥指夕阳边。

春望寄王涔阳

◎刘长卿

清明别后雨晴时，极浦空颦一望眉。
湖畔春山烟点点，云中远树墨离离。
依微水戍闻钲鼓，掩映沙村见酒旗。
风暖草长愁自醉，行吟无处寄相思。

清明宴司勋刘郎中别业

◎祖　咏

田家复近臣，行乐不违亲。
霁日园林好，清明烟火新。
以文长会友，唯德自成邻。
池照窗阴晚，杯香药味春。
檐前花覆地，竹外鸟窥人。
何必桃源里，深居作隐沦。

清　明

◎杜　甫

著处繁花务是日，长沙千人万人出。
渡头翠柳艳明眉，争道朱蹄骄啮膝。
此都好游湘西寺，诸将亦自军中至。
马援征行在眼前，葛强亲近同心事。
金镫下山红粉晚，牙樯捩柁青楼远。
古时丧乱皆可知，人世悲欢暂相遣。
弟侄虽存不得书，干戈未息苦离居。
逢迎少壮非吾道，况乃今朝更祓除。

清明（二首）

◎杜 甫

其 一

朝来新火起新烟，湖色春光净客船。
绣羽衔花他自得，红颜骑竹我无缘。
胡童结束还难有，楚女腰肢亦可怜。
不见定王城旧处，长怀贾傅井依然。
虚沾焦举为寒食，实藉严君卖卜钱。
钟鼎山林各天性，浊醪粗饭任吾年。

其 二

此身飘泊苦西东，右臂偏枯半耳聋。
寂寂系舟双下泪，悠悠伏枕左书空。
十年蹴鞠将雏远，万里秋千习俗同。
旅雁上云归紫塞，家人钻火用青枫。
秦城楼阁烟花里，汉主山河锦绣中。
风水春来洞庭阔，白蘋愁杀白头翁。

阊门即事

◎张　继

耕夫召募逐楼船，春草青青万顷田。
试上吴门窥郡郭，清明几处有新烟。

清明日青龙寺上方赋得多字

◎皇甫冉

上方偏可适，季月况堪过。
远近水声至，东西山色多。
夕阳留径草，新叶变庭柯。
已度清明节，春秋如客何。

徐州送丘侍御之越

◎皇甫冉

时鸟催春色，离人惜岁华。
远山随拥传，芳草引还家。
北固潮当阔，西陵路稍斜。
纵令寒食过，犹有镜中花。

同颜使君清明日游，因送萧主簿

◎皎 然

谁知赏嘉节，别意忽相和。
暮色汀洲遍，春情杨柳多。
高城恋旌旆，极浦宿风波。
惆怅支山月，今宵不再过。

吊灵均词

◎皎 然

昧天道兮有无，听汨渚兮踌躇。
期灵均兮若存，问神理兮何如。
愿君精兮为月，出孤影兮示予。
天独何兮有君，君在万兮不群。
既冰心兮皎洁，上问天兮胡不闻。
天不闻，神莫睹。
若云冥冥兮雷霆怒，萧条杳眇兮馀草莽。
古山春兮为谁，今猿哀兮何思。
风激烈兮楚竹死，国殇人悲兮雨飔飔，雨飔飔兮望君时。
光茫荡漾兮化为水，万古忠贞兮徒尔为。

寒食后北楼作

◎韦应物

园林过新节，风花乱高阁。
遥闻击鼓声，蹴鞠军中乐。

吊国殇

◎孟　郊

徒言人最灵，白骨乱纵横。
如何当春死，不及群草生。
尧舜宰乾坤，器农不器兵。
秦汉盗山岳，铸杀不铸耕。
天地莫生金，生金人竞争。

清明日登城春望寄大夫使君

◎王　表

春城闲望爱晴天，何处风光不眼前。
寒食花开千树雪，清明日出万家烟。
兴来促席唯同舍，醉后狂歌尽少年。
闻说莺啼却惆怅，诗成不见谢临川。

寒食下第

◎武元衡

柳挂九衢丝,花飘万家雪。
如何憔悴人,对此芳菲节。

寒食宴城北山池,即故郡守荥阳郑钢目为折柳亭

◎羊士谔

别馆青山郭,游人折柳行。
落花经上巳,细雨带清明。
鶗鴂流芳暗,鸳鸯曲水平。
归心何处醉,宝瑟有余声。

上巳接清明游宴

◎独孤良弼

上巳欢初罢,清明赏又追。
闰年侵旧历,令节并芳时。
细雨莺飞重,春风酒酝迟。
寻花迷白雪,看柳拆青丝。

淑气如相待，天和意为谁。
吁嗟名未立，空咏宴游诗。

寒食夜寄姚侍郎

◎张　籍

贫官多寂寞，不异野人居。作酒和山药，教儿写道书。
五湖归去远，百事病来疏。况忆同怀者，寒庭月上初。

寒食内宴（二首）

◎张　籍

其　一

朝光瑞气满宫楼，彩纛鱼龙四面稠。
廊下御厨分冷食，殿前香骑逐飞球。
千官尽醉犹教坐，百戏皆呈未放休。
共喜拜恩侵夜出，金吾不敢问行由。

其 二

城阙沉沉向晓寒，恩当令节赐馀欢。
瑞烟深处开三殿，春雨微时引百官。
宝树楼前分绣幕，彩花廊下映华栏。
宫筵戏乐年年别，已得三回对御看。

同锦州胡郎中清明日对雨西亭宴

◎张　籍

郡内开新火，高斋雨气清。
惜花邀客赏，劝酒促歌声。
共醉移芳席，留欢闭暮城。
政闲方宴语，琴筑任遥情。

清明日赐百僚新火

◎郑　辕

改火清明后，优恩赐近臣。
漏残丹禁晚，燧发白榆新。
瑞彩来双阙，神光焕四邻。
气回侯第暖，烟散帝城春。

利用调羹鼎，馀辉烛缙绅。
皇明如照隐，愿及聚萤人。

寒食夜有怀

◎白居易

寒食非长非短夜，春风不热不寒天。
可怜时节堪相忆，何况无灯各早眠。

中书连直寒食不归因怀元九

◎白居易

去岁清明日，南巴古郡楼。
今年寒食夜，西省凤池头。
并上新人直，难随旧伴游。
诚知视草贵，未免对花愁。
鬓发茎茎白，光阴寸寸流。
经春不同宿，何异在忠州。

清明日登老君阁望洛城赠韩道士

◎白居易

风光烟火清明日,歌哭悲欢城市间。
何事不随东洛水,谁家又葬北邙山。
中桥车马长无已,下渡舟航亦不闲。
冢墓累累人扰扰,辽东怅望鹤飞还。

和杨同州寒食乾坑会后闻杨工部欲到知予与工部有敷水之期荣喜虽多欢宴且阻辱示长句因而答之

◎白居易

往来东道千余骑,新旧西曹两侍郎。
家占冬官传印绶,路逢春日助恩光。
停留五马经寒食,指点三峰过故乡。
犹恨乾坑敷水会,差池归雁不成行。

送常秀才下第东归

◎白居易

东归多旅恨,西上少知音。寒食看花眼,春风落日心。
百忧当二月,一醉直千金。到处公卿席,无辞酒盏深。

清明日园林寄友人

◎贾 岛

今日清明节,园林胜事偏。
晴风吹柳絮,新火起厨烟。
杜草开三径,文章忆二贤。
几时能命驾,对酒落花前。

悼亡妻韦丛诗:遣悲怀(三首)

◎元 稹

其 一

谢公最小偏怜女,自嫁黔娄百事乖。
顾我无衣搜荩箧,泥他沽酒拔金钗。

野蔬充膳甘长藿，落叶添薪仰古槐。
今日俸钱过十万，与君营奠复营斋。

其 二

昔日戏言身后意，今朝都到眼前来。
衣裳已施行看尽，针线犹存未忍开。
尚思旧情怜婢仆，也曾因梦送钱财。
诚知此恨人人有，贫贱夫妻百事哀。

其 三

闲坐悲君亦自悲，百年都是几多时。
邓攸无子寻知命，潘岳悼亡犹费词。
同穴窅冥何所望，他生缘会更难期。
惟将终夜长开眼，报答平生未展眉。

扬州春词（三首其一）

◎姚 合

广陵寒食天，无雾复无烟。
暖日凝花柳，春风散管弦。
园林多是宅，车马少于船。
莫唤游人住，游人困不眠。

思山居一十首·清明后忆山中

◎李德裕

遥思寒食后,野老林下醉。
月照一山明,风吹百花气。
飞泉与万籁,仿佛疑箫吹。
不待曙华分,已应喧鸟至。

寒食夜池上对月怀友

◎雍 陶

人间多别离,处处是相思。
海内无烟夜,天涯有月时。
跳鱼翻荇叶,惊鹊出花枝。
亲友皆千里,三更独绕池。

洛阳清明日雨霁

◎李正封

晓日清明天,夜来嵩少雨。
千门尚烟火,九陌无尘土。

酒绿河桥春,漏闲宫殿午。
游人恋芳草,半犯严城鼓。

东都所居寒食下作

◎陈 润

江南寒食早,二月杜鹃鸣。
日暖山初绿,春寒雨欲晴。
浴蚕当社日,改火待清明。
更喜瓜田好,令人忆邵平。

柳

◎李商隐

江南江北雪初消,漠漠轻黄惹嫩条。
灞岸已攀行客手,楚宫先骋舞姬腰。
清明带雨临官道,晚日含风拂野桥。
如线如丝正牵恨,王孙归路一何遥。

长安清明言怀

◎顾非熊

明时帝里遇清明，还逐游人出禁城。
九陌芳菲莺自啭，万家车马雨初晴。
客中下第逢今日，愁里看花厌此生。
春色来年谁是主，不堪憔悴更无成。

长沙春望寄涔阳故人

◎李群玉

清明别后雨晴时，极浦空颦一望眉。
湖畔春山烟黯黯，云中远树黑离离。
依微水戍闻疏鼓，掩映河桥见酒旗。
风暖草长愁自醉，行吟无处寄相思。

寒食前有怀

◎温庭筠

万物鲜华雨乍晴，春寒寂历近清明。
残芳荏苒双飞蝶，晓睡朦胧百啭莺。

旧侣不归成独酌，故园虽在有谁耕。
悠然更起严滩恨，一宿东风蕙草生。

清明日

◎温庭筠

清娥画扇中，春树郁金红。
出犯繁花露，归穿弱柳风。
马骄偏避幰，鸡骇乍开笼。
柘弹何人发，黄鹂隔故宫。

君不见

◎薛　逢

君不见，马侍中，气吞河朔称英雄；
君不见，韦太尉，二十年前镇蜀地。
一朝冥漠归下泉，功业声名两憔悴。
奉诚园里蒿棘生，长兴街南沙路平。
当时带砺在何处，今日子孙无地耕。
或闻羁旅甘常调，簿尉文参各天表。
清明纵便天使来，一把纸钱风树杪。
碑文半缺碑堂摧，祁连冢象狐兔开。

野花似雪落何处，棠梨树下香风来。
马侍中，韦太尉，盛去衰来片时事。
人生倏忽一梦中，何必深深固权位！

清明日曲江怀友

◎罗　隐

君与田苏即旧游，我于交分亦绸缪。
二年隔绝黄泉下，尽日悲凉曲水头。
鸥鸟似能齐物理，杏花疑欲伴人愁。
寡妻稚子应寒食，遥望江陵一泪流。

长安清明

◎韦　庄

蚤是伤春梦雨天，可堪芳草更芊芊。
内官初赐清明火，上相闲分白打钱。
紫陌乱嘶红叱拨，绿杨高映画秋千。
游人记得承平事，暗喜风光似昔年。

丙辰年鄜州遇寒食城外醉吟（五首）

◎韦 庄

其 一

满街杨柳绿丝烟，画出清明二月天。
好是隔帘花树动，女郎撩乱送秋千。

其 二

雕阴寒食足游人，金凤罗衣湿麝薰。
肠断入城芳草路，淡红香白一群群。

其 三

开元坡下日初斜，拜扫归来走钿车。
可惜数株红艳好，不知今夜落谁家。

其 四

马骄风疾玉鞭长，过去唯留一阵香。
闲客不须烧破眼，好花皆属富家郎。

其 五

雨丝烟柳欲清明，金屋人闲暖凤笙。
永日迢迢无一事，隔街闻筑气球声。

寒食日重游李氏园亭有怀

◎韩 偓

往年同在鸾桥上，见倚朱阑咏柳绵。
今日独来香径里，更无人迹有苔钱。
伤心阔别三千里，屈指思量四五年。
料得他乡遇佳节，亦应怀抱暗凄然。

秋 千

◎韩 偓

池塘夜歇清明雨，绕院无尘近花坞。
五丝绳系出墙迟，力尽才瞵见邻圃。
下来娇喘未能调，斜倚朱阑久无语。
无语兼动所思愁，转眼看天一长吐。

登第后寒食杏园有宴，因寄录事宋垂文同年

◎皮日休

雨洗清明万象鲜，满城车马簇红筵。
恩荣虽得陪高会，科禁惟忧犯列仙。
当醉不知开火日，正贫那似看花年。
纵来恐被青娥笑，未纳春风一宴钱。

寒食都门作

◎胡　曾

二年寒食住京华，寓目春风万万家。
金络马衔原上草，玉颜人折路傍花。
轩车竞出红尘合，冠盖争回白日斜。
谁念都门两行泪，故园寥落在长沙。

旅寓洛南村舍

◎郑　谷

村落清明近，秋千稚女夸。
春阴妨柳絮，月黑见梨花。

白鸟窥鱼网,青帘认酒家。
幽栖虽自适,交友在京华。

鄂渚清明日与乡友登头陀山

◎来 鹄

冷酒一杯相劝频,异乡相遇转相亲。
落花风里数声笛,芳草烟中无限人。
都大此时深怅望,岂堪高处更逡巡。
思量费子真仙子,不作头陀山下尘。

清明日与友人游玉粒塘庄

◎来 鹄

几宿春山逐陆郎,清明时节好烟光。
归穿细荇船头滑,醉踏残花屐齿香。
风急岭云飘迥野,雨馀田水落方塘。
不堪吟罢东回首,满耳蛙声正夕阳。

毗陵道中

◎唐彦谦

百年只有百清明,狼狈今年又避兵。
烟火谁开寒食禁,簪裾那复丽人行。
禾麻地废生边气,草木春寒起战声。
渺渺飞鸿天断处,古来还是阖闾城。

寒食日怀寄友人

◎齐 己

万井追寒食,闲扉独不开。
梨花应折尽,柳絮自飞来。
梦觉怀仙岛,吟行绕砌苔。
浮生已悟了,时节任相催。

寒食夜

◎崔道融

满地梨花白,风吹碎月明。
大家寒食夜,独贮望乡情。

金谷园落花

◎李建勋

愁见清明后，纷纷盖地红。
惜看难过日，自落不因风。
蝶散馀香在，莺啼半树空。
堪悲一尊酒，从此似西东。

宫　词

◎花蕊夫人徐氏

寒食清明小殿旁，彩楼双夹斗鸡场。
内人对御分明看，先赌红罗被十床。

岳阳云梦亭看莲花

◎崔　橹

似醉如慵一水心，斜阳欲暝彩云深。
清明月照羞无语，凉冷风吹势不禁。
曾向楚台和雨看，只于吴苑弄船寻。
当时为汝题诗遍，此地依前泥苦吟。

清明登奉先城楼

◎罗 衮

年来年去只艰危，春半尧山草尚衰。
四海清平耆旧见，五陵寒食小臣悲。
烟销井邑隈楼槛，雪满川原泥酒卮。
拭尽贾生无限泪，一行归雁远参差。

清明赤水寺居

◎罗 衮

榆火轻烟处处新，旋从闲望到诸邻。
浮生浮世只多事，野水野花娱病身。
浊酒不禁云外景，碧峰犹冷寺前春。
蓑衣毳衲诚吾党，自结村园一社贫。

六、南唐

客中寒食

◎李 中

旅次经寒食，思乡泪湿巾。音书天外断，桃李雨中春。
欲饮都无绪，唯吟似有因。输他郊郭外，多少踏青人。

蝶恋花

◎李 煜

遥夜亭皋闲信步。才过清明，渐觉伤春暮。数点雨声风约住，朦胧澹月云来去。

桃李依依香暗度。谁在秋千，笑里轻轻语。一片芳心千万绪，人间没个安排处。

七、宋

西平乐

◎柳 永

尽日凭高寓目,脉脉春情绪。嘉景清明渐近,时节轻寒乍暖,天气才晴又雨。烟光淡荡,妆点平芜远树。黯凝伫。台榭好、莺燕语。

正是和风丽日,几许繁红嫩绿,雅称嬉游去。奈阻隔、寻芳伴侣。秦楼凤吹,楚馆云约,空怅望、在何处。寂寞韶华暗度。可堪向晚,村落声声杜宇。

寒 食

◎夏 竦

夹城烟淡草霏霏,晋俗相传禁火时。
御苑梨繁花盛发,帝园桐嫩蕊初披。
尘微蹴鞠人将散,雨细秋千索半垂。
游骑寻芳还斗酒,九门谣诵乐重熙。

破阵子

◎晏 殊

燕子来时新社,梨花落后清明,池上碧苔三四点,叶底黄鹂一两声,日长飞絮轻。

巧笑东邻女伴,采桑径里逢迎,疑怪昨宵春梦好,元是今朝斗草赢,笑从双脸生。

暮春感兴

◎宋 庠

九十芳期去不留,解酲何计贳珍裘。
炉残晋俗清明火,水冷山阴祓禊洲。

风径舞花催暮色，雨梁归燕说春愁。
离归莫问年华事，赋笔悲于宋玉秋。

兴庆池禊宴

◎刘　涣

清明佳节属良辰，行乐东郊宴席宾。
风柳不胜春气力，露花无奈晓精神。
管丝远近青堤上，楼阁高低渌水滨。
多少舣舟何所用，府公便是济川人。

湖州寒食陪太守南园宴

◎梅尧臣

寒食二月三月交，红桃破颗柳染梢。
阴晴不定野云密，默默鼓声湖岸坳。
使君千骑出南圃，歌吹前导后鸣铙。
是时辀预车马末，倾市竞观民业抛。
竹亭临水美可爱，嗑哑草木皆吐苞。
游人春服靓妆出，笑踏俚歌相与嘲。
使君白发体尤健，自晨及暮奏酒肴。
尔辈少年翻易倦，倚席欠伸谁得教。

公虽不责以正礼,我意未容诚斗筲。
逡巡秉烛各分散,小人争路何呶呶。

天圣五年春省试献羔开冰

◎文彦博

国重司寒祭,羔羊献礼陈。开冰遵旧典,荐庙属昌辰。
肥脖方登俎,清壶冀飨神。虫疑非蚤夏,狐听异先春。
凿凿凝光莹,峨峨发彩新。何当比鱼上,从此出迷津。

寒食招和叔游园

◎苏舜钦

异乡风俗伤嘉节,久客情怀喜友人。
共挈一尊诸处赏,谁家得似故园春。

寒食日常州宴春园

◎陈　襄

曲池收雨静无尘，结客留连半月春。
洞里桃花青叶嫩，墙头杏火绿烟新。
风光冉冉非前日，物色依依似故人。
官满又归延阁去，忍将诗酒负佳辰。

昔　游

◎郑　獬

小旗短棹西池上，青杏煮酒寒食头。
绿杨阴里穿小巷，闹花深处藏高楼。
紫丝络马客欲起，锦袖挽衣人相留。
逢春倚醉不自醒，明朝始对春风羞。

送李绛伯华户曹

◎郭祥正

国士苟微禄，携家千里行。
乡关寒食节，邮舍冷猿声。

落日和云尽，离觞与泪倾。
衔冤仍送别，何以慰浮生。

南歌子

◎苏　轼

日出西山雨，无晴又有晴。乱山深处过清明。不见彩绳花板、细腰轻。
尽日行桑野，无人与目成。且将新句琢琼英。我是世间闲客、此闲行。

南歌子·晚春

◎苏　轼

日薄花房绽，风和麦浪轻。夜来微雨洗郊坰。正是一年春好、近清明。
已改煎茶火，犹调入粥饧。使君高会有余清。此乐无声无味、最难名。

木兰花令

◎苏　轼

与郭生游寒溪，主簿吴亮置酒。郭生喜作挽歌，酒酣发声，坐为凄然。郭生言吾恨无佳词，因为略改乐天寒食诗歌之，坐客有泣者。其词曰：
乌啼鹊噪昏乔木，清明寒食谁家哭。风吹旷野纸钱飞，古墓累累春草绿。
棠梨花映白杨路，尽是死生离别处。冥漠重泉哭不闻，萧萧暮雨人归去。

寒食宴提刑致语口号

◎苏　轼

　　良辰易失，四者难并。故人相逢，五斗径醉。况中年离合之感，正寒食清明之间。时乎不可再来，贤者而后乐此。恭惟提刑学士，才本天授，学为人师。事业存乎斯民，文章盖其馀事。望之已试于冯翊，翁子暂还于会稽。知府学士，接好邻邦，缔交册府。莫逆之契，义等于天伦；不腆之辞，意勤于地主。力讲两君之好，可无七字之诗。欲使异时，传为盛事。

　　　　云间画鼓叠春雷，千骑寻芳戏马台。
　　　　半道已逢山简醉，万人争看谪仙来。
　　　　淮西按部威尤凛，历下怀仁首重回。
　　　　还把去年留客意，折花临水更徘徊。

寒食（二首其二）

◎苏　辙

　　　　寄住汝南怀岭南，五年一醉久犹酣。
　　　　身逃争地差云静，名落尘寰终自惭。
　　　　耳畔飞蝇看尚在，鼻中醇酢近能甘。
　　　　今朝寒食唯当饮，买酒先防客欲谈。

寒食宴北山席上走笔得松字

◎孔平仲

骀荡禁烟节,相随上北峰。
雨馀澄远水,风细韵长松。
柳影摇歌席,花香入酒钟。
南州富闲暇,行乐且从容。

对酒次前韵寄怀元翁

◎黄庭坚

花光渐寒食,木燧催国火。
沽酒鸟劝人,怀贤吾忘我。
事往堕甑休,心知求田可。
可人不在眼,樽俎思促坐。
有生常倥偬,无暇天所课。
不解闻健饮,俄成一蓬颗。
泥钧埏万物,寒暑勤五佐。
岂其怀爱憎,私使我穷饿。
醉招魂不来,浪下巫阳些。
梦成少年嬉,走马章台左。

路西田舍示虞孙小诗（二十四首其五）

◎李之仪

栽桑插柳展沟塍，共趁清明力倍增。
分得这般穷伎俩，却应苦行过于僧。

俞清老挽词（二首其二）

◎李之仪

寒食相披拂，方时欲适然。
君应寻故约，我亦赴新阡。
但怪沈来雁，那知已逝川。
风流有千里，未愧昔人贤。

近清明（二首其二）

◎张　耒

冉冉春向老，昏昏日复斜。
鲜欢常止酒，不睡更烹茶。
幡起烟中刹，鸡鸣林外家。
陈王斗鸡道，风柳不胜斜。

寒食日同妇子辈东园小宴

◎张 耒

寒食无与乐，携孥宴小园。
青春积雨霁，白日万花繁。
时节悲江国，穷愁泥酒尊。
故乡终在眼，乐不得重论。

浣溪沙·寒食初晴，桃杏皆已零落，独牡丹欲开

◎毛 滂

魏紫姚黄欲占春。不教桃杏见清明。残红吹尽恰才晴。
芳草池塘新涨绿。官桥杨柳半拖青。秋千院落管弦声。

水龙吟·三月十日西湖宴客作

◎叶梦得

对花常欲留春，恨春故遣花飞早。晓来雨过，绿阴新处，几番芳草。一片飘时，已知消减，满庭谁扫。料多情也似，愁人易感，先催趁、朱颜老。

犹有清明未过，但狂风、匆匆难保。酒醒梦断，年年此恨，不禁相恼。只恐春应，暗留芳信，与花争好。有姚黄一朵，殷勤付与，送金杯倒。

寒食日孟司理送酒

◎王庭珪

两翁俱是江南客,寒食他乡叹滞留。
燕舞莺啼春未老,一樽分我洗穷愁。

挽易氏

◎王庭珪

媪有才子邻我居,父老欲起高门闾。
此媪不知家有无,但典髻鬘供买书。
今朝恸哭城南道,忍送丧车入秋草。
预愁来岁寒食时,不见襄阳德公嫂。

癸丑寒食曹山饭僧荐章淑人不胜悼往之怀书二诗于方丈屋壁(其一)

◎孙觌

川逝日已远,蓬漂久未归。
异乡惊岁换,宿草变春晖。
魂梦差参是,音容想像非。
遥怜小儿女,恸哭纸钱飞。

清明日作

◎赵 佶

茸母初生忍禁烟，无家对景倍凄然。
帝城春色谁为主，遥指乡关涕泪涟。

宫词（二百九十八首其四十九）

◎赵 佶

韶光婉媚属清明，敞宴斯辰到穆清。
近密被宣争蹴鞠，两朋庭际角输赢。

点绛唇·春愁

◎赵 鼎

香冷金猊，梦回鸳帐馀香嫩。更无人问。一枕江南恨。
消瘦休文，顿觉春衫褪。清明近。杏花吹尽。薄暮东风紧。

寒 食

◎朱 弁

绝域年华久，衰颜泪点新。
每逢寒食节，频梦故乡春。
草绿唯供恨，花红只笑人。
南辕定何日，无地不风尘。

次友人寒食书怀韵（二首）

◎张元干

其 一

往昔升平客大梁，新烟然烛九衢香。
车声驰道内家出，春色禁沟宫柳黄。
陵邑只今称虏地，衣冠谁复问唐装。
伤心寒食当时事，梦想流莺下苑墙。

其 二

孤生投老急菟裘，万里云山已倦游。
共喜石交逢异县，更陪彩笔赋春愁。
无心俯仰犹多事，与世浮沉已拙谋。
冷雨吹花作寒食，三杯软饱且眠休。

再次韵寄朱希真（二首其一）

◎张　嵲

一舍徒相望，书来只细行。
野梅行欲尽，幽兴讵能忘。
老去尤耽句，春来更忆乡。
看看过寒食，北望一沾裳。

令节即事简睎仲德施

◎胡　寅

寒食清明节令佳，禁烟遗俗渺天涯。
清醇只向丹田暖，料峭犹烦翠幕遮。
长短骤看森雨笋，高低难觅旋风花。
小斋寂寂谁为伴，水底初闻两部蛙。

乡人项服善宰鄱阳有政声人惜其去用郡圃栽花韵作诗数篇叙别遂和以送之（四首其三）

◎王十朋

江东回首莫云赊，寒食令人感岁华。
皎皎丹心惟望日，星星短发不簪花。
书传何处山名雁，酒忆吾乡水似霞。
故旧相逢如问我，为言多病服天麻。

浣溪沙（六首其五）

◎赵彦端

花下凭看月下迎。避人私语脸霞生。画堂红烛意盈盈。
病酒一春愁与睡，倚阑终日雨还晴。强移心绪作清明。

寒食客中有怀

◎范成大

江郭花开也寂寥，不须绿暗与红凋。
疾风甚雨过寒食，白日青春吟大招。
芳景尚随流水去，故人应作彩云飘。
烟波千里家何在，惟有溪声似晚潮。

薛舍人母方氏太恭人挽章（二首其一）

◎杨万里

熊胆平生苦，鱼轩晚岁荣。
芝兰今柱史，苗裔古玄英。
寒食花争泣，元宵烛半明。
从今好时节，萱砌罢君羹。

紫牡丹（二首其二）

◎杨万里

岁岁东风二月时，司花辛苦染晴枝。
夜输百斛蔷薇水，晓洗千层玉雪肌。
寒食清明空过了，姚黄魏紫不曾知。
春愁蹙得眉头破，何处如今更有诗。

清明雨寒（八首其一）

◎杨万里

整冠忽见镜中霜，挽树浑无蒂上香。
已贮春愁过万斛，更令细细著升量。

蝶恋花

◎赵令畤

欲减罗衣寒未去，不卷珠帘，人在深深处。红杏枝头花几许？啼痕止恨清明雨。

尽日沉烟香一缕，宿酒醒迟，恼破春情绪。飞燕又将归信误，小屏风上西江路。

寒食怀西湖去岁游从

◎李　洪

去年寒食醉西湖，山色空濛暮有无。
风急落花随步积，雨昏垂柳要人扶。
偶携胜友寻泉石，俱有新诗入画图。
越绝故人应念我，明年春好会皇都。

恋芳春慢（寒食前进）

◎万俟咏

蜂蕊分香，燕泥破润，暂寒天气清新。帝里繁华，昨夜细雨初匀。万品花藏四苑，望一带、柳接重津。寒食近，蹴鞠秋千，又是无限游人。

红妆趁戏，绮罗夹道，青帘卖酒，台榭侵云。处处笙歌，不负治世良辰。共见西城路好，翠华定、将出严宸。谁知道，仁主祈祥为民，非事行春。

眼儿媚

◎朱淑真

迟迟春日弄轻柔，花径暗香流。清明过了，不堪回首，云锁朱楼。
午窗睡起莺声巧，何处唤春愁。绿杨影里，海棠亭畔，红杏梢头。

寒食咏怀

◎朱淑真

淮南寒食更风流，丝管纷纷逐胜游。
春色眼前无限好，思亲怀土自多愁。

寒食雨中（二首其一）

◎杨冠卿

无家可耐异乡何，怪底愁边万感多。
今夜雨昏山月暗，泪痕元不减金波。

挽潘孺人（二首其二）

◎黄　干

红云照水春将暮，皓月盈盈院落深。
正是佳人行乐地，翻令公子独伤心。
床头琴瑟空长在，眼底音容无处寻。
寒食纸钱飞满野，一声薤露涕沾襟。

次韵昌甫寒食（三首其一）

◎韩　淲

岁岁春深上冢时，担头挑酒纸钱垂。
横铺嫩草松间出，乱点繁花水面吹。
扶幼不知今潦倒，悼亡应叹昔追随。
夕阳雨后归来路，杜宇声频落燕泥。

寒食前三日野步乌龙山中石上往往多新芽手撷盈匊酌玉泉煮之芳甘特甚有怀伯承兄赋此以寄

◎张　栻

披云得新腴，煮泉听松风。
香永味自真，不与馀品同。

悠然泊莫留,归来隐疏钟。
念昔湘滨游,年年撷芳丛。
迟日照高岭,新雷惊蛰龙。
落硙快先啜,鼓腹欣策功。
夜灯紫筠窗,香生编简中。
谁与共此乐,臭味有邻翁。
朅来七里城,日月转飞蓬。
山川岂不好,予忧日忡忡。
酌此差自慰,思君复无穷。

寒食怀游诚之

◎周　南

清溪寒食水弥漫,忆在齐山约共观。
便著窄衫鞭马去,路傍惊讶是文官。

寿楼春·寻春服感念

◎史达祖

裁春衫寻芳。记金刀素手,同在晴窗。几度因风残絮,照花斜阳。谁念我,今无肠。自少年、消磨疏狂。但听雨挑灯,敲床病酒,多梦睡时妆
　　飞花去,良宵长。有丝阑旧曲,金谱新腔。最恨湘云人散,楚兰魂伤。身是客,愁为乡。算玉箫、犹逢韦郎。近寒食人家,相思未忘苹藻香。

杏花天·清明

◎史达祖

软波拖碧蒲芽短。画桥外、花晴柳暖。今年自是清明晚。便觉芳情较懒。春衫瘦、东风翦翦。过花邬、香吹醉面。归来立马斜阳岸。隔岸歌声一片。

沁园春·赋子规

◎方 岳

尽为春愁,尽劝春归,直恁恨深。况雨急黄昏,寒欺客路,月明夜半,人梦家林。店舍无烟,楚乡寒食,一片花飞那可禁。小凝伫,黯红蔫翠老,江树阴阴。

汀洲杜若谁寻。想朝鹤怨兮猿夜吟。甚连天芳草,凄迷离恨,拂帘香絮,撩乱深心。汝亦知乎,吾今倦矣,瓮有馀春可共斟。归来也,问渊明而后,谁是知音。

锦帐春·淮东陈提举清明奉母夫人游徐仙翁庵

◎戴复古

处处逢花,家家插柳。政寒食、清明时候。奉板舆行乐,是使星随后。人间稀有。

出郭寻仙,绣衣春昼。马上列、两行红袖。对韶华一笑,劝国夫人酒。百千长寿。

西江月

◎卢祖皋

燕掠晴丝袅袅，鱼吹水叶粼粼。禁街微雨洒香尘。寒食清明相近。
漫著宫罗试暖，闲呼社酒酬春。晚风帘幕悄无人。二十四番花讯。

张运判（师夔）挽诗

◎魏了翁

悃愊汉循吏，咨询周使臣。
知心三坐主，报国两门人。
彩绣方趋户，丝麻已在身。
至今寒食路，孺慕镇如新。

山郭检踏途中闻杜鹃

◎王　迈

已成客里清明过，更听山深谢豹啼。
衮衮春愁无处着，试拚一饮醉如泥。

寒食清明（二首其二）

◎刘克庄

过眼年光疾弹丸，桐华半拆燕初还。
汉宫有烛朱门暖，墨突无烟白屋寒。
宁复斗鸡陪戏社，颇思携鹤访孤山。
今年秋与金同价，偶得茅柴且尽欢。

哭孙季蕃（二首其二）

◎刘克庄

每岁莺花要主盟，一生风月最关情。
相君未识陈三面，儿女多知柳七名。
自有菊泉供祭享，不消麦饭作清明。
老身独殿诸人后，吟罢无端雪涕横。

念奴娇（寒食次卢野涉，并怀孙季蕃）

◎赵以夫

重门翠锁，笑侯鲭断绝，又逢寒食。社瓮初开春浩荡，荠蕨漫山谁摘。榆火传新，柳绵吹老，愁绪空千亿。百花过了，游蜂将次成蜜。

追思共醉西湖，诗朋馀几，俯仰成悲恻。月射波心光万丈，犹想当时颜色。黄鹄翩翩，白驹皎皎，莫待山灵勒。金貂箬笠，问渠还肯相易。

满江红·金陵乌衣园

◎吴 潜

柳带榆钱，又还过、清明寒食。天一笑、满园罗绮，满城箫笛。花树得晴红欲染，远山过雨青如滴。问江南、池馆有谁来，江南客。

乌衣巷，今犹昔。乌衣事，今难觅。但年年燕子，晚烟斜日。抖擞一春尘土债，悲凉万古英雄迹。且芳尊、随分趁芳时，休虚掷。

立春都堂受誓祭九宫坛（二首）

◎方 岳

其 一

欠伸残梦雪髼松，只等三茅午夜钟。
传钥省门星斗湿，不知春已转苍龙。

其 二

辇路香融雪未干，鸡人初唱五更寒。
琼幡第一番花信，吹上东皇太乙坛。

清 明

◎方 岳

淡烟疏雨清明日,飞絮落花游子心。
燕话春愁初睡起,一帘草色暮池深。

寒食(二首其二)

◎林希逸

阵阵花风送雨寒,心随风雨到乡关。
遥知松柏山前路,今日邻人拜扫还。

菩萨蛮

◎张 抡

人间何处难忘酒。山村野店清明后。满路野花红。一帘杨柳风。
田家春最好。箫鼓村村闹。一盏此时辞。将何乐圣时。

客枕闻鹃

◎吴锡畴

烟新寒食过,月皎子规来。
万里他乡恨,千年故国哀。
窗深欹枕听,梦短到家回。
为尔添愁寂,春风不耐催。

杨柳清明近(二首其二)

◎舒岳祥

杨柳清明近,梨花气候寒。
谁家争蹴鞠,客子泪阑干。
苍舍凤栖小,芹泥燕子宽。
西湖吾旧梦,见说不堪看。

断肠声(寓南歌子)

◎张 辑

柳户朝云湿,花窗午篆清。东风未放十分晴。留恋海棠颜色、过清明。
垒润栖新燕,笼深锁旧莺。琵琶可是不堪听。无奈愁人把做、断肠声。

挽罗榷院子远（三首其一）

◎刘应凤

共说门庭王谢盛，谁知骨相岛郊穷。
躬行自得前贤法，家礼犹还三代风。
脚迹肯随权要出，头衔宁与浊流同。
湖山寒食多新鬼，地下何颜见此翁。

临江仙·暮春

◎赵长卿

过尽征鸿来尽燕，故园消息茫然。一春憔悴有谁怜。怀家寒食夜，中酒落花天。

见说江头春浪渺，殷勤欲送归船。别来此处最萦牵。短篷南浦雨，疏柳断桥烟。

摸鱼儿

◎何梦桂

记年时、人人何处,长亭曾共尊酒。酒兰归去行人远,折不尽长亭柳。渐白首。待把酒送君,恰又清明后。青条似旧。问江北江南,离愁如我,还更有人否。

留不住,强把蔬盘瀹韭。行舟又报潮候。风急岸花飞尽也,一曲啼红满袖。春波皱。青草外,人间此恨年年有。留连握手。叹人世相逢,百年欢笑,能得几回又。

挽汝南袁君(三首其一)

◎何梦桂

一曲哀歌行道难,满堂试听一潜然。
两儿青紫开荣路,五世曾玄送暮年。
乔木受风危易撼,孤舟排浪险终全。
故丘狐首君无憾,寒食年年洒墓阡。

行春次俞兄韵（二首其一）

◎吴龙翰

几日春愁不出行，园林又是了清明。
春风桃李一场梦，夜月江山千古情。
吟倚长松伺鹤到，坐临钓石看云生。
此怀不解自拈出，漫语离骚入笛声。

鹧鸪天·清明

◎周　密

燕子时时度翠帘。柳寒犹未褪香绵。落花门巷家家雨，新火楼台处处烟。
情默默，恨恹恹。东风吹动画秋千。拆桐开尽莺声老，无奈春何只醉眠。

寒食

◎文天祥

苦海周遭断去帆，东风吹泪向天南。
龙蛇泽里清明五，燕雀笼中寒食三。
扑面风沙惊我在，满襟霜露痛谁堪。
何当归骨先人墓，千古不为丘首惭。

幽州寒食游江乡园

◎汪元量

晓出城南信杖藜,江乡小圃百花开。
侑尊妓女骑驴去,顶笠僧官跃马来。
几架秋千红袅娜,数行箫管绿低徊。
隔河小艇人歌舞,摇荡春光不肯回。

清明次韵周君会(二首其一)

◎于 石

可惜韶光过眼明,一分流水二分尘。杜鹃声感客中客,蝴蝶梦飞身外身。一滴清明寒食酒,万家红杏绿杨春。斗鸡走狗非吾事,新火书灯谁共亲。

齐天乐·客长安赋

◎王易简

宫烟晓散春如雾。参差护晴窗户。柳色初分,饧香未冷,正是清明百五。临流笑语。映十二阑干,翠鬘红妒。短帽轻鞍,倦游曾遍断桥路。

东风为谁媚妩。岁华顿感慨,双鬓何许。前度刘郎,三生杜牧,赢得征衫尘土。心期暗数。总寂寞当年,酒筹花谱。付与春愁,小楼今夜雨。

八、金

清平道中

◎马定国

棘林苦苣野花黄,一马骎骎渡漯阳。
别墅酒旗依古柳,点溪花片落新香。
伏波事业空归汉,都护田园不记唐。
今日清明过寒食,又将书剑客他乡。

清水寒食感怀

◎李献可

桃花零乱柳成阴,人到春深思更深。
芳草成楼天不尽,异乡寒食故乡心。

寒食阻雨招元功会话

◎刘　迎

满城风雨殿余春，燕坐翛然亦可人。
杨柳杏花相对晚，石泉槐火一时新。
愁边兴味浑宜酒，句里机缘欲脱尘。
早晚阿咸来过我，坐中软语慰情亲。

春　郊

◎刘　瞻

桑芽粒粒破春青，小叶迎风未展成。
寒食归宁红袖女，外家纸上看蚕生。

柳

◎吕中孚

风外丝丝裊绿烟，轻花初破不成绵。
却嫌官路逢寒食，恼乱离愁似去年。

九、元

清明有怀

◎陈天锡

春愁禁客况,夜梦绕天涯。
淑景随流水,归心逐暮鸦。
看书翻蠹叶,抚案落灯花。
怅望松楸远,登临起叹嗟。

清明日宴集贤宋学士园时梨花盛开诸老属仆同赋

◎鲜于枢

琪树吹香荡夕晖，华簪人对雪霏霏。
汉宫新火初传烛，楚女行云乍湿衣。
一片花疑蝴蝶化，满枝春想玉钗肥。
娥眉不用梨园曲，唱彻瑶台醉未归。

先兄正献公坟所寒食（五首其二）

◎宋　褧

才动山林兴，还增畎亩忧。
夕阴仍不雨，春冷欲如秋。
抚旧谁伤悼，乘时尽醉游。
农家多苦旱，啼杀舍南鸠。

都城杂咏（四首其三）

◎宋 褧

风物鲜妍饰禁城，豪家戚里竞留情。
花围锦幄清明宴，香拥珠楼乞巧棚。
叱拨马摇金辔具，栟幪车飐绣帘旌。
他年定拟持铅椠，细数繁华纪太平。

挽陈尧

◎贡师泰

草庐吴先生门人也，有俊才，卒年十八。其妻亦痛哭而绝。

乘舟沃酒鱼口热，小袖莱衣双凤结。
春归白玉不禁寒，雪兔西沈半山阙。
望夫化去孤石裂，死与韩凭誓同穴。
鬼狐寒食上新丘，阴风自扫梨花雪。

十、元末明初

竹枝词（八首其六）

◎倪 瓒

春愁如雪不能消，又见清明卖柳条。
伤心玉照堂前月，空照钱唐夜夜潮。

送陈秀才归沙上看墓

◎高 启

满衣血泪与尘埃，乱后还乡亦可哀。
风雨梨花寒食后，几家坟上子孙来。

十一、明

清 明

◎李时勉

昨日街头初禁烟,今日清明烟火传。
家家齐上坟头拜,更剪荆榛挂纸钱。
东郊古碑翳荒草,近陇累累谁洒扫。
问著樵夫说姓名,子孙繁华难自保。
轻裘骏马谁家儿,东阡西陌纷相随。
斗残蹴鞠忽归去,还向高堂纵歌舞。

尉迟将军墓

◎陈 琏

突兀山前土一堆，墓碑剥落使人哀。
杜鹃声老清明过，谁是相曾祭扫来？

千秋岁

◎徐有贞

引风搅柳丝，雨揉花缬，蚤过了清明时节。新来燕子语何多，老去莺花飞未歇。秋千院，蹴鞠场，人踪绝。

踏青拾翠都休说，是谁马走章台雪，是谁箫弄秦楼月。从前已是无情绪，可奈而今更离别。一回头，人千里，肠百结。

梨 花

◎沈 周

莹白姿容谢粉铅，不教酒洗自婵娟。
日华暖抱溶溶雪，月影凉生淡淡烟。
深锁春愁归院后，静思晓梦凭阑边。
那堪扫地东风恶，抹摋清明又一年。

中丞徐公追挽先君三章甫至举寒食奠感叹之馀因成二绝奉报

◎王世贞

其 一

杨柳摇青寒食新，十年天地一伤春。
那知郢里归魂句，元是南州絮酒人。

其 二

昼晴初解白杨哀，忽地萧骚暮响催。
不是陇头春不到，西江风送薤歌来。

清明日偶成（四首其一）

◎王世贞

小冢轻风舞纸钱，斜阳漠漠草芊芊。
非关榆柳无新火，总为人家不禁烟。

清明日偶题（二首其二）

◎王世贞

典却寒襦挂纸钱，又闻呼役向杨川。
三家两舍无薪米，错认江南也禁烟。

蹴鞠行

◎邓云霄

蹴鞠蹴鞠，落花随轴。上巳清明，新妆袨服。醉脱红锦靴，倦入青楼宿。
射堂走马回鸡，一入场日易西。高足遥过飞鸟上，游丝飘絮却嫌低。

拟古杂体（十九首并序其一十二）

◎邓云霄

鞠歌行

年年上巳与清明，九衢车马嬉春晴。
琼楼弄琵琶，故作断肠声。
何人传此曲，曲罢春郊遍青绿。
踏青女儿年十五，纤腰如柳向人舞。
蹴鞠蹴鞠夜忘归，归来庭畔月移午。

落花诗（三十首其二十）

◎邓云霄

淡日和风熏绮罗，清明上巳乐偏多。
飞花恋妓娇能舞，啼鸟怜香巧和歌。
剪彩纵难回锦树，铺茵还得卧青莎。
大堤宴罢归来晚，素袜轻摇洛浦波。

喜迁莺·清明

◎高　濂

禁烟时序，喜红尘紫陌，花鲜柳软。迁莺学语，客燕初来，丽日暖烘人面。金驮宝勒争驰，画阁珠帘尽卷。最好是，芳草醉袒，桃花歌扇。

相劝。载壶觞，弄水寻山，镇日闲留恋。狂蜂浪蝶，栖香宿雾，摩弄绿媚红倦。况是韶光易改，那更雨愁风怨。尽今番，日日向花林，沉酣芳宴。

辛巳仲春京口望茅止生翙舟不至感述（三首其三）

◎于鉴之

中浼宽死即恩纶，瘴雨蛮烟报主身。
谪戍未逢除党籍，勤王端复见孤臣。
丁年齿发从军敝，甲第膏腴养客贫。
圣代国殇天下士，岂伊亲旧独沾巾。

怀王澄伯卧病

◎沈　野

落红寒食渐纷纷，强自携尊对夕曛。春到马卿偏卧病，径开羊仲正离群。林风几处邀歌扇，花雨千家扑舞裙。何事与君俱伏枕，莺声唤友不堪闻。

十二、明末清初

清明前一日

◎李 渔

正当离乱世,莫说艳阳天。
地冷易寒食,烽多难禁烟。
战场花是血,驿路柳为鞭。
荒垄关山隔,凭谁寄纸钱?

怨歌（二首其二）

◎髡 残

寒食清明前，开门不敢觑。
虽非桃李花，正是伤心处。

贺新郎·寒食写怨

◎王夫之

绵上飞乌恨。更龙蛇、追随四海，一时惊散。回首五云金粟地，不见玉骢珠汗。但扑地、苍烟撩乱。酒冷饧香休道也，梦石泉、槐火成虚幻。棠杜雨，离肠断。

岳云回望莲花巘。尽凄凉、延陵十字，难酬幽愿。昨岁杯浆浇泪后，拚付寒螯莎馆。正夜雨、松杉绿满。一径苍苔行迹杳，想鸺鹠、夜哭髑髅窜。寸草尽，春晖短。

见 燕

◎丁 澎

杏叶新阴拂女墙，风吹小燕过池塘。
相期定似逢寒食，乍见争如说故乡。

弄影不教沾柳絮，衔泥何惜点琴囊。
双栖并翅真怜汝，愁杀卢家春昼长。

寒食渡江

◎毛奇龄

吴关千里燧烟通，挂去长帆返照中。
三月暮春行海畔，两年寒食渡江东。
风吹官柳城边绿，雨后山花陇上红。
惆怅故园年少在，斗鸡蹴鞠与谁同。

秋日闲居之作（十首其七）

◎屈大均

咫尺先公墓，西山影到门。
龙鳞双树少，马鬣一峰尊。
雨露愁寒食，莙蒿怆故园。
无田惟薄祭，鱼菽复何言。

十三、清

雨中花·风情

◎王士禛

料峭东风吹细雨。作使得、春愁无主。昨日清明。今朝百五,渐渐春光去。巨胜花前曾记遇。难忘却、碧桃千树。拥髻灯前,偷香被底,一一销魂语。

挽硕堂老人十章历序平生相遇之缘(其六)

◎成 鹫

高峻门庭不易登,每逢寒食谒尊僧。
狂歌薙露逢蒿里,即事分题记得曾。

清明野步有感

◎李　寄

春愁压客不知春，拭眼惊看此日新。
树树桃花风著力，村村社酒鸟呼人。
两年梦绕双亲墓，万里心伤一病身。
怅望江南春十倍，敝裘何事苦留秦。

虞美人·春日偶成

◎杨　芸

海棠花发留春住。春也无心去。怪他风雨苦相催。试看乱红万点、扑帘来。
春愁脉脉浑无据。窗外闻莺语。劝侬把卷暂徘徊。过了清明又有、牡丹开。

途中阻雨有怀

◎王辰顺

定有清明日，晨昏恨久违。
母应思子切，天似厌人归。
风雨随征盖，泥涂涴客衣。
家贫连下第，乡梦逐云飞。

临江仙·清明前二日,买舟扫祭,即事感赋

◎范贞仪

小艇破烟浮绿水,布帆独挂江空。遥天无际碧溶溶。千条溪柳嫩,万点浪花红。

好景其如人已去,此身犹滞愁丛。乱飞灰蝶舞青松。断魂何处也,含泪问东风。

次韵何廉昉太守感怀述事(十六首选一)

◎曾国藩

钟山祠庙岿然存,凭吊湖湘烈士魂。
马革裹尸男子志,鸾刀祭脺圣明恩。
弓旌夜动神依户,箫鼓春祈福满门。
万世游人应指点,血殷篙眼古时痕。

蝶恋花

◎吴重憙

镇日茫茫无意绪。艳煞韶光，客里匆匆度。莫道相思无著处。梦魂日日天涯去。

湿了清明风雨妒。花事关心，开到樱桃暮。枉种垂杨千万树。不曾阑住春归路。

己酉清明同运甫晚望

◎冯 煦

漠漠春阴减却春，晚来微雨散轻尘。
半生怀抱蠲冰炭，十载交亲逐溷茵。
天末孤云归似客，门前疏柳澹于人。
屏居淮表堪罗雀，劳子东来慰隐沦。

江南好

◎冯 煦

三月莫，何事更干卿。草长莺飞春水皱，劳劳亭下五清明。东望不胜情。

琵琶仙

◎冯　煦

己卯清明，同游古林庵，祭管异之先生同，修竹便娟，池塘一碧，丙子夔州东屯之游正复似之。赋此柬同游，并怀潄泉。

挑菜余寒，载尊俎、共觅南朝陈迹。何处修竹荒祠便娟弄春色。垂柳暗、轻烟散入，忍重问、五侯坊宅。曲理哀弦，文搜败箧，都付悽恻。

记夔府、啼鴂催归，又飞雨朝来下征驿。输与暗尘千里，数年年游屐。春渐远、巢痕换也，算再来、燕子如客。那更斜日东城，有人愁寂。

乙巳清明日哭三儿（二首）

◎方仁渊

儿年十一岁，已读毛诗、唐诗数百首，禀性纯厚，知大体，为副室郑氏所生，只此子，生于光绪甲午三月初四，卒于甲辰七月十四夜，其母哭之恸。

其　一

黯黯看春去，阴阴日易斜。
春归犹可复，儿去不还家。
忍泪翻遗籍，伤心对落花。
最怜汝母苦，哀恸正无涯。

其 二

事母甘旨奉，恭兄梨枣推。
读书知大义，爱好不争财。
余念尚可慰，母心不尽哀。
今朝一滴酒，能否到泉台。

木兰花

◎樊增祥

暖风销尽楼阴雪。昨夜香衾全体热。
并头羞戴蕙双花，连理初生桃百叶。
禁烟未届清明节。抛擞光阴刚二月。
自批湘竹制风筝，杏子红绫糊蛱蝶。

菩萨蛮·清明梦先母与女，思乡感作

◎许禧身

春风吹得春愁重。宵来魂绕梨云梦。默想总迷离。牵衣膝下依。
桃红杨柳绿。自觉归心促。何事更停留。扁舟冷陌头。

清明日游白云山（二首其二）

◎丘逢甲

庚戌、辛亥稿，清宣统二年、三年、民国元年作。
披云来访郑安期，卓锡兼寻景泰师。
名士无聊托仙佛，神州有泪混华夷。
濛濛海色闻边角，莽莽春愁上酒旗。
斜日下山谋一醉，红棉开遍越王祠。

春日杂诗（二首其二）

◎丘逢甲

雨丝风片暗清明，乡梦惊回杜宇鸣。
无限春愁似原草，到无人处更丛生。

十四、清末民国初

六幺令·清明

◎张慎仪

棠梨开了,香雪飘池阁。白杨向西自舞,飒飒东风恶。寒食清明到也,谢豹应觉。啼声呜唈。苦催春瘦,惹起愁肠周匝。

如此良辰美景,度若隙驹霎。况又时事变迁,种种无从说。自去荒郊祭扫,焚纸灰飞蝶。望空踯躅。凄不定,依约犹留冷松角。

调笑令·春闺

◎洪炳文

明月。明月。一年频更圆缺。清明芳草萋萋。绿树阴中鸟啼。啼鸟。啼鸟。惊醒春闺多少。

次肖蜦留别韵即送入都

◎陈宝琛

已近清明尚剧寒，别筵佳月得来难。
横流满地诗名贱，积雨骑春客袂单。
当代犹应思旧德，此才何意就卑官。
宣南吾及交中散，花事年时未向阑。

念奴娇

◎沈曾植

曹秋岳竹坨图，今藏王息存处，出以索题，追和元韵。

华阳旧馆，记清明上冢，网船归泊。港尾溪头寻踏去，象设孙枝长托。白槿编篱，青松偃盖，想像归田乐。百弓量到，谁家邻比篱落。

何时墙角楼成，水湾门近，醖舫宾重酌。添个玉堂宣唤影，深护层轩修幕。诗派编图，瓣香呈佛，潜采光丘壑。紫薇老矣，飘零长遁江角。

清平乐

◎沈曾植

春风独笑。樱晚棠还早。燕子多情忙不了。今日呢喃谁晓。
清江自惯东流。遥山两点长愁。过了清明上巳，孤他楚尾吴头。

南浦·用张玉田春水韵

◎陈 衍

春水载侬舟，问闲愁几斛，称量应晓。蓦见远山青，斜阳外，犹似妆楼才扫。出门长记，眉心皱比眉弯小。作达偏为潇洒语，伫看牛腰诗草。

眼前寒食清明，道思家作客，将焉过了。送汝短长亭，长亭外，依旧梦魂难到。烟波浩渺，愁人同调寻孤悄。点点梨花春雨滴，垂泪替伊多少。

雨霖铃·春感

◎陈祖绶

啼声悲切。是鹡栖雁，带雨寻歇。园林未识谁主，鹓俦鹤侣，翻轻离别。曙后星明，怎不见钟动金阙。只剩有、牧唱樵讴，隐隐青山楚云阔。

繁华六代空提说。叹古时、霸气全销灭。铜人高掌何处，仙乐里、一场花月。粥鼓饧箫，闲过清明，百六时节。那知道、风簸黄沙，又听胡笳咽。

泛舟虎阜因吊五人之墓自春徂夏盖三至矣（三首其二）

◎夏孙桐

粼粼山塘水，长堤抱孤峰。
突兀见题石，烈士留遗封。
松桧一径阴，但有花佣逢。
逡巡日下影，寂寞苔上踪。
世风习柔靡，众醉如酒浓。
义愤发卑贱，难驯气犹龙。
至今埋骨地，劲草生葱茏。
出门白鸥起，心警疏林钟。

摸鱼子·清明雨夜泊英德，寄弟闰生

◎朱祖谋

　　一更更、滴篷凄雨，天涯人自消受。倦游谙惯江湖味，禁得病怀偻俯。吟未就。伴孤影幢幢，飐幕灯花瘦。离魂暗逗。又禁火年光，看云心事，迸入夜钟后。

　　还山约，过了春鹃啼候，轻帆依旧孤负。廿年社燕秋鸿迹，多少泪华沾袖。君信否。便烧烛联床，不是寻常有。蘋花十亩。要药裹商量，书奁料理，垂老镇厮守。

蝶恋花

◎朱祖谋

役眼红芳容易歇。风雨沉沉，送了清明节。添尽罗衣寒更怯，旋灰香印无人爇。

短睡却偎山枕热。梦里愁心，不放双眉缬。漏水半干街鼓绝，夜鹃啼上梨花月。

七里泷登西钓台吊谢皋羽先生

◎俞明震

山川以人重，风日信清美。
子陵有钓台，遂专桐庐水。
盘曲七里泷，舟行如瓮底。
当年蹈海人，晞发曾经此。
天在万山中，阳乌匿葭苇。
一恸上西台，残年哭知己。
人间果何世，来日殊未已。
空存汐社名，留作沧桑纪。
我来九月暮，拍拍凫雁起。
孤筇与夕照，萧瑟同千里。
伤高莫回首，临流先洗耳。
难酬烈士心，悠悠阅众死。
西风飒然来，归去吾衰矣。

义军追悼会（二首其一）

◎骆成骧

投袂歼公路，回旗问子阳。
血流金马道，神降碧鸡坊。
主帅尊人格，男儿殉国殇。
神州心不死，生气日轩昂。

都门清明日有感

◎许南英

细雨入清明，新烟出禁城。
杏花天上梦，芳草客中情。
九九寒威退，三三暖气生。
墓田澎海外，拜扫忆诸兄！

瑞鹤仙·春阴

◎何振岱

刚逢寒食节，奈天气阴沉，侵晨疑雨。梁间燕儿语。叹何曾、知道恨人心绪。梨花半树。早吹雪、墙根无数。自烟芜延翠，山城一片，乱愁怎赋。

闲度。频年乡国，啼损芳魂，杜鹃声楚。青词暗诉。琼天远，怕无据。算沟冰凝冷，薰风消息，望里聊同延伫。且拈杯、过了清明，换晴也许。

兰陵王

◎李岳瑞

翡仙殁后，倏忽经年，芳菲依旧，欢惊去心，怅然此怀，乌能已已。

峭寒侧。帘外东风无力。清明近、烟柳雨丝，空里冥濛弄娇碧。春来似过客。寂寂。箫声巷陌。谁曾信、无限古欢，一霎鹃声变今昔。

伤心判鹣翼。但想像玉容，眉恨堆积。天长地久情何极。记花下携手，落红黏鬓，珍丛静绕数太息。怕芳事狼藉。

追忆。更悽恻。但永夜无眠，零泪沾臆。安仁鬓影新霜白。纵月没星替，那能销释。梁闲栖燕，定为我，也脉脉。

扫花游·江路清明和梦窗

◎陈 洵

水村带郭，殢试火新烟，弄晴霏雾。倦茶破午。数花风暗忆，梦中行路。惯看游人，半日妆娥媚妩。飐愁缕。问红出杏帘，魂断谁语。

垆畔曾卧处。况易感芳辰，浅稀欢遇。觑禽又妒。搅东阑乱雪，更将泥污。怪侣狂朋，怎似青青那树。怨迟暮。慢匆匆、燕来人去。

蝶恋花（二首）

◎冯 开

示叔申

一日新晴三日雨。寒食清明，只是寻常度。孤负惜花心事苦。乱红都逐东流去。

眼底韶光容易误。独抱筌筱，有恨和谁诉。酒醒高楼天未暮。斜阳犹在深深树。

又

日午残妆浑不理。鬓乱钗低，总为郎憔悴。生怕杨花无避忌。东风故故吹帘起。

昨日清明今上巳。复帐沈沈，只是春寒细。多为别来珍重意。自添兰子熏鸳被。

清明谒袁督师墓

◎黄 节

南人帅边非常功，易祀三百无此雄。
英名不掩故坟在，清明野烧青回红。
迩来正值国多事，蹙地万里辽东东。
视明亡徵系公死，季清诸将犹沙虫。

春秋内外大异义，诸夏自杀今为讧。
人才由蘖亦复尽，独寻旧史追前踪。
当年和议岂得已，盖欲以暇营锦中。
收拾散亡计恢复，肘腋之患除文龙。
遵化三屯一战衄，间关入卫宁非忠。
维公志业自千祀，事去历历犹能穷。
上炳日星下河岳，讵藉土壤增崇隆。
我来墓祭辄三叹，瞻徊惟敬堂前松。
谁令丹垩蚀风雨，乃请庙飨为迎逢。
援唐宗姓祀李耳，希宋濮议跻欧公。
时流无耻可足道，于公不啻筵撞钟。

扫花游·清明

◎吕惠如

一番雨过，早梨云卸了，新烟乍起。晓霞晴腻。濛笼门翠柳，万家春意。粥冷饧香，人隔秋千巷尾。数花事。正开到杜鹃，恰染红泪。

埋玉芳草地。有多少春魂，墓门长闭。绿罗裙碎。想化成蝴蝶，飞来尘世。如梦光阴，只有斜阳不死。黯红紫。镇年年、画愁无际。

临江仙（二首其二）

◎许宝蘅

从此春郊闲觅醉，鸟声和我余欢。东风吹出百花团。晴光罨蔼，妆点好溪山。

伯是清明寒食节，石泉槐火无端。春愁如水又回还。绿波时皱，底事与卿干。

蝶恋花·春阴，拟六一

◎姚 华

连日春寒花可数。旋暖旋阴，拟作清明雨。已过清明晴有絮。花开花落春先暮。

容易肯教春便去。珍重余寒，春是天留住。莫急催花花下鼓。露英才午看成故。

寒食节宴集韬庵寓所

◎郁曼陀

头衔合署酒中仙，拼醉安期岛外天。
热海莺花三月雪，冷厨樱笋几家烟。

数来羊胃皆馀子，啖到牛心便少年。
安用香山图九老，使君裙屐正翩翩。

曲游春·次周草窗韵

◎吴湖帆

醉里移帆去，向绣帏寻梦，依旧愁织。浪迹春风，听邻舟歌笑，细声流隙。一叶晴波隔。谩独倚、画舲吹笛。展镜奁、水抹浮霞，羞煞馆娃颜色。

绮陌。垂杨摇碧。看花底游骢，红缕珠勒。金粉楼台，又尘凝网户，雨侵帘幂。尊酒消寒食。算客况、文鸳岑寂。问后期、载月重来，几时料得。

醉花阴·清明（二首）

◎邹 韬

寄 内

韶华转眼匆匆去。游子家何处。时节又清明，芳草天涯，肠断乡关路。别来犹记凭栏语。相约花时聚。此日不还家，料得深闺，算我归期误。

无 题

年年好景成孤负。瞥眼春光骤。时节过清明，又是梨花瘦了桃花瘦。满园冷翠浑如旧。燕子销魂否。春水恁多情，也学愁人把著眉儿绉。

金缕曲·吊四川邹容墓

◎邹 韬

真个奇男子。恁青年、一身是胆,首先从事。振笔倡言拍满族,罗列八旗丑史。更痛告、淫威专制。章氏株连缘作序,著书人坐罪寻欧例。三字狱,折磨死。

扬州十日遭屠记。更难堪、屠嘤三次,全城紧闭。足引汉民心愤激,革命昌言起义。造中国、共和时世。烈士身家拼一掷,吊英灵遗墓华泾里。哀宿草,凄何底。

清明同友人游八卦山(二首其一)

◎陈肇兴

偶值清明节,邀朋上翠微。
雨随啼泪下,风捲纸钱飞。
世乱邱陵变,民穷祭扫稀。
登高无限感,搔首共歔欷。

云南起义纪念日,依韵和邃汉室主人率成二律

◎夏子麟

其 一

当年鼙鼓动滇黔,伟业巍然震古今。
海内已酣洪宪梦,天南犹醉共和心。
神奸虽踣根还在,病国多难感最深。
风雨漂摇怀烈士,长教披发助悲吟。

其 二

万里间关突不黔,松坡伟绩迈当今。
英雄宁作偷生想,烈士难回未死心。
漳水已无王气在,滇池犹见阵云深。
怆怀鹬蚌何时已,搔首应增泽畔吟。

近现代清明诗词选

吊张荩忱①将军

◎董必武

此为去年将军殉国三周年纪念而作,今岁中原战役倭势尚张,国军竟莫能抗,感时抚事,辄令人想念将军于不置也。

汉水东流逝不还,将军忠勇震瀛寰。
裹尸马革南瓜店,三载平芜血尚斑。
男儿抗日死沙场,青史垂名姓字香。
中原倘有英灵护,岂让倭奴乱逞狂。

（一九四三年五月作）

注：①张荩忱即张自忠。

挽左权同志

◎董必武

左君真卓荦,弱冠已从戎。
大略观孙子,精微究客翁。
长征尝险阻,抗日显英雄。
讵忆偏城陟,横尸马革中。

（一九四二年作）

题赵一曼纪念馆

◎郭沫若

蜀中巾帼富英雄，石柱犹存良玉踪。
四海今歌赵一曼，万民永忆女先锋。
青春换得江山壮，碧血染将天地红。
东北西南齐仰首，珠河亿载漾东风。

北归草七绝（廿五首其八）

◎黄松鹤

遐迹悠悠系我思，晶莹小石遍山陂。
雨花旧是听经处，冈阜新添烈士碑。

与莲英淑贞过黄花岗七十二烈士墓

◎黄松鹤

浩气长存耸石门，当年血铸此山尊。
中原鹿死谁家手，南海鹃啼古帝魂。
白骨黄花都不见，春风秋月自无言。
我来劫后犹兵火，兴废何人负国恩。

吊刘烈士炳生（八首选二）

◎柳亚子

其 一

春辉寸草恋亲慈，百蹈危机总未知。
岂为豹皮留盛誉，何妨马革裹遗尸。
海天迢递思兄夜，圜土凄凉忆父时。
国恨家仇忘不得，苌弘化碧杳无期。

其 二

张楚相从大泽乡，为忧时局刳肝肠。
凤麟在野终罹网，燕雀何心尚处堂。
未报秦庭人下殿，愁闻梁苑狱飞霜。
何时北伐陈师旅，拨尽阴霾见太阳。

三姝媚

◎龙榆生

春中薄游金陵，寄宿中正街交通旅馆，知本散原精舍。海棠一树，照影方塘，彻夜狂风，零落俱尽。感和梦窗。

伶俜应自惯。惜馀春、风飘雨淋何限。遍绿江南，泛软波兰棹，酒痕都浣。

旅逸尘遥，寻梦影、苔衣藤蔓。暗省幽吟，愁问重来，画梁栖燕。

花信东阑惊断。又过却清明，箭虬催短。倦客情怀，向枕函休听，后庭荒宴。响遏云沈，啼怨宇、嫣红俱变。悄倚危楼雪涕，秦淮涨满。

（一九三一年作）

悼杨铨

◎鲁　迅

岂有豪情似旧时，花开花落两由之。
何期泪洒江南雨，又为斯民哭健儿。

惯于长夜过春时

◎鲁　迅

惯于长夜过春时，挈妇将雏鬓有丝。
梦里依稀慈母泪，城头变幻大王旗。
忍看朋辈成新鬼，怒向刀丛觅小诗。
吟罢低眉无写处，月光如水照缁衣。

注：这首诗见于《南腔北调集·为了忘却的纪念》，是鲁迅1931年为悼念"左联"五烈士而作。

八声甘州

◎吕小薇

民盟四十周年,追怀江西盟先辈漆裕先同志。

记当年识面古青原,桃李植荒山[1]。对晨钟簋舍,听君说论,醒我沉酣。为说重关虎豹,膏血爪牙殷。一叶西风下,恨绕江南。

谁励嶒崚健骨,有梅花赠幅,烈士遗函[2]。惯经身炼狱,生死等闲看。只中华、兴亡在念,争民主、浪涌赤旗还。吾盟史、西江一页,濡泪写心丹。

注:[1]抗战胜利后,余在吉安青原山前国立十三中任教,与漆共事。

[2]抗战期间,裕先同志数以思想左倾被捕。在马家洲集中营时,廖承志同志在囚,曾以所画梅花小幅赠之,上书文信国"人生自古谁无死,留取丹心照汗青"之句。又有烈士所托遗函,解放后悉捐赠烈士博物馆。

蝶恋花·答李淑一

◎毛泽东

我失骄杨君失柳,杨柳轻飏直上重霄九。问讯吴刚何所有,吴刚捧出桂花酒。

寂寞嫦娥舒广袖,万里长空且为忠魂舞。忽报人间曾伏虎,泪飞顿作倾盆雨。

祭黄帝文

◎毛泽东

　　维中华民国二十六年四月五日，苏维埃政府主席毛泽东、人民抗日红军总司令朱德敬派代表林祖涵，以鲜花束帛之仪，致祭于我中华民族之始祖轩辕黄帝之陵。

致词曰：

　　赫赫始祖，吾华肇造；胄衍祀绵，岳峨河浩。
　　聪明睿知，光被遐荒；建此伟业，雄立东方。
　　世变沧桑，中更蹉跌；越数千年，强邻蔑德。
　　琉台不守，三韩为墟；辽海燕冀，汉奸何多！
　　以地事敌，敌欲岂足；人执笞绳，我为奴辱。
　　懿维我祖，命世之英；涿鹿奋战，区宇以宁。
　　岂其苗裔，不武如斯；泱泱大国，让其沦胥。
　　东等不才，剑屦俱奋；万里崎岖，为国效命。
　　频年苦斗，备历险夷；匈奴未灭，何以家为？
　　各党各界，团结坚固；不论军民，不分贫富。
　　民族阵线，救国良方；四万万众，坚决抵抗。
　　民主共和，改革内政；亿兆一心，战则必胜。
　　还我河山，卫我国权；此物此志，永矢勿谖。
　　经武整军，昭告列祖；实鉴临之，皇天后土。
　　尚飨！

访丘东来烈士陵园故居（三首选一）

◎聂绀弩

小仲谋追大仲谋，有人间倚几阳秋。
壮哉野泽三春草，赌掉乾坤两颗头。
此日登堂才拜母，他生横海再同舟。
范张鸡黍存悲殁，蘸笑南溟画虎丘。

访丘东来烈士陵园故居（又三首选一）

◎聂绀弩

拥笔千枝又万支，满怀革命战争诗。
犬儒惜墨如金处，虎将涂鸦以血时。
连长所遭唯苦斗，队员通迅有雄姿。
生前小说杨无敌，死后梅花史督师。

陈烈士祠

◎沙曾达

在北外五堡。烈士名忠，宋人，从讨笠墩盗遇害，宋元明皆有封号。

笠墩御盗竟亡身，烈士名垂信有因。
封号叠加元与宋，神祠重建溯江滨。

满江红

◎苏渊雷

乙卯上元次日,渡江展谒烈士墓。佛慈填此阕,读罢增感,辄次和之。

一水飞云,渡江去、开尊对臆。西岘展、故人侠骨,抚今追昔。五十年间风又雨,红桑碧海难将息。喜相逢、把臂拆衷情,悲来切。

怀籀雨,雪山雪。觞咏地,无虚席。算青春换劫,老怀犹适。万水千山饶一钵,金春玉奏期三益。好风光、取次入新年,心同赤。

蝶恋花

◎汪 东

清明日雨,始闻雷声,赴横山扫烈士墓,植树数百株而还。

节候推排元不误。才到清明,花满横塘路。峭石悬空笼细雨。横山下有林林墓。

礼罢殷勤陈祝语。荷锸成云,顷刻阴深护。烈魄英魂同鉴取。兴邦恰似春雷怒。

临江仙

◎王季思

谒遵义红军烈士陵园。

墓顶红星高照,墓门苍柏参天。雄关血战想当年。呼声震峡谷,劈刺动层峦。

白帕缠头苗寨妇,赶场今过山前。背筐儿女自甜眠。翻身来不易,饮水要思源。

悼亡妻诗(二首)

◎王世襄

神形呆若木

忆昔呼荃荃[①],一呼一声诺。
未应值门扃,不禁心扑扑。
初笑等庸人,转思又惊愕。
有朝一先行,生者竟奚托。
所虑几经年,存亡两茕独。
耄叟将来归,不呼亦不哭。
默默但思君,神形呆若木。

日 坛

花讯年年几探看，
辛夷百尺紫云攒。
而今一任风兼雨，
处处伤心是日坛。

注：①王先生妻子名袁荃猷。

吊许建业烈士

◎许晓轩

噩耗传来入禁宫，悲伤切齿众心同。
文山大节垂青史，叶挺孤忠有古风。
十次苦刑犹骂贼，从容就义气如虹。
临危慷慨高歌日，争睹英雄万巷空。

酹江月·客中清明

◎张伯驹

断肠时节，又天涯寒食，犹滞征鞭。店舍花残烟火冷，归期怕误春前。粉社吹箫，柴门插柳，触景倍凄然。风灯微暗，夜来有梦先还。

望里冉冉斜阳，青青荠麦，十里尽平川。暝色千山虚霭暮，远树更听啼鹃。芳草招魂，东风不语，时簌纸灰钱。家乡此日，野花开遍坟园。

挽空军傅啸宇烈士

◎张氘生

萧萧风雨听啼鹃，不见凌霄壮士旋。
欲把丹心悬北国，终将碧血洒长天。
鲁阳戈岂无人奋，祖逖鞭曾让子先。
为厉应惊朝野梦，江南河北满胡膻。

蝶恋花·黄花岗七十周年祭

◎朱庸斋

天地低昂三月暮。气壮南州,势挟风雷怒。慷慨小东营外路。不辞七尺拚强虏。

血洗春云开玉宇。郁郁长松,兀立迎新曙。共酹国殇倾绿醑。旌旗湿遍黄花雨。

当代清明诗词选

丙戌清明后一日，甘棠诗社玉渊潭樱花雅集，相约步海藏楼《樱花花下作》韵（四首选三）

◎伯昏子

其 二

落英素爱阅邻墙，无力终难并晚棠。
绛雪飞时寒不起，红绡赠罢泽犹香。
曾陵蜃阁观沧海，还惜萧关下夕阳。
荏苒晴光芳事歇，惟拼歌酒寄清狂。

其 三

喧红闹碧逐车尘，中土今看风月新。
已击鱼龙东海楫，来争桃杏上林春。
玉环零落瘗无侣，青冢播迁嗟一身。
绛帐弦歌谁复续，临潭有恨问骚人。

其 四

花雨瑶台绮户开，松乔欲渡赤霞堆。
仙宫别种经年发，瀛岛移根何日回。
曲折桃溪难纪梦，淹迟春日早惊雷。
凌波一笑堪凄绝，赋罢应惭子建才。

蝶恋花·丙寅清明

◎蔡淑萍

风雨神州曾记否？血泪清明，初试屠龙手。慷慨悲歌余韵久，十年未老清明又。

满目芳菲花共柳，谁护春光，不许阴霾骤？万里长江排远岫，涛声欲作风雷吼。

清明诗（三首）

◎陈仁德

春　日

又见清明雨若丝，东风轻拂绿杨枝。
赏花车向春山去，沽酒人随夜月归。
家在迢遥三峡内，梦醒恍惚五更时。
忽闻邻舍传欢笑，能不凭栏动客思。

成都逢川大同学

一自扬镳久别离，故人乍见喜难支。
春回天府花如火，节近清明雨若丝。
锦水风波萦旧梦，汶川歌哭入新诗。
惊心二十年间事，惟有肝肠似昔时。

清明访都江堰灾区

风吹玉垒白云低,断壁残墙近古堤。
灾后山形多破碎,春来草色太凄迷。
血光满眼何堪忆,噩梦惊心未忍提。
正是清明营奠日,茫茫蜀道杜鹃啼。

宿汶川卧龙山庄夜梦先父大哭而醒,枕上成此

◎陈仁德

野店昏灯映幕帷,天涯深峡五更时。
何期迢递高原外,犹有先君梦远随。

先慈忌日作

◎陈永正

节过清明雨雾连,我生之后百忧煎。
如何尚有倾江泪,哀子伶俜四十年。

御街行·壬寅送春和樵风先生

◎陈永正

西园渐觉稀花树。空费铃幡护。落红那肯便饶人，故近画楼深处。清明过了，两三残蕊，犹伴游蜂住。

奈何不化香泥去，更逐天涯絮。怜伊且为醉今回，一任明朝飘舞。黄昏三月，帘帏静掩，时入孤山雨。

蝶恋花（三首其三）

◎陈永正

才过清明春意薄。不见西园，逐日添萧索。曲径红铺人未觉。燕留莺劝仍漂泊。

犹有去年郊外约。旧赏新情，也拟深深酌。只恐归来愁梦各。明朝两处销眉萼。

忆少年·清明梨花

◎陈永正

丙辰作。

溶溶春月，依依帘户，摇摇心事。空庭积残雪，更经风成水。

独对青灯人欲醉。想千枝海涯飘坠。微茫浪花白，有去来清泪。

高阳台·挽分春师

◎陈永正

癸亥作。

云压江昏,沙颓潮落,飙轮载恨芜原。兰萎当春,苍山怨入残鹃。素笺凄泪清明雨,洒黄垆、痛彻重泉。望遥川。一掬芳馨,默荐词仙。

台城烟月今休问,怅登楼赋罢,卅载茫然。谁分吟坛,横摧一柱南天。飘风骤卷沈香浪,念骑鲸、归更何年。意难传。绛帐心期,分付哀弦。

五·一二汶川大地震(九首选二)

◎陈忠平

其 三

西川崩坼赖谁擎,泪雨频兼汗雨倾。
遍野哀号时断续,当涂乱砾各纵横。
每从国难见肝胆,要与阎罗夺死生。
异日功碑云岭立,何尝一一勒其名。

其 四

兰因絮果莫能凭,十万巴山兀自倾。
往事如尘吹易尽,馀腥经雨洗难清。

幸知高峡暂无恙，毕竟苍天尚有情。
华夏殊多医国手，劫痕抹去又承平。

己卯清明后三日记

◎褚宝增

柳鬓生烟草耳开，温风放胆乱投胎。
浮云气碎惊难醒，春雁城高唤不来。
展臂倦抛司马赋，举头晃现定王台。
眼前忽撞数声雀，断我游思腹底埋。

清明印象

◎褚宝增

东风无语暗徘徊，招惹闲云左右猜。
柳色含烟慵已醒，梨花若病硬先开。
行人野径寻思念，流水轻波释感怀。
最不伤情天上雁，自知归去与归来。

遥望人民英雄纪念碑

◎丁 品

此碑能贮几人头？一八零零四十秋。
未必清明牲旧鬼，从来新鬼更风流。

鹧鸪天（二首）·悼104岁老红军廖鼎琳将军

◎方国礼

一

鼎力江山敢舍身，琳琅世界总推新。
沙场弹雨摧强敌，戈壁春雷报捷音。
扬德善，守清贫，百年不易爱人民。
遥飞泪雨崇风范，忆昔萦怀老将军。

二

少小从戎自瑞金，几经围剿历艰辛。
长征路上冲霄汉，西部空中现核云。
思崛起，念耕耘，培桃育李报佳音。
百年含笑红旗覆，无恙江山赖党人。

清明（外一首）

◎冯平川

春来紫气暗催发，一缕斜阳入酒家。
道尽清明闺梦好，伶仃孤影看春花。

春 思

万树西子春，千红东窗新。
还是旧时月，偏照落魄人。

参观兴国将军园

◎傅 义

冲雨冒春寒，言访将军园。
将军五十四，一一戎衣冠。
真容皆雄武，气宇壮昆仑。
忆昔闹革命，踊跃参红军。
一县八九万，三分占一分。
终成将军县，威名天下闻。
不知将军外，尚有几人存。
一将枯万骨，何处可招魂！
英魂如有知，旧梦可重温？
出门搔白首，俯仰向乾坤。

清明祭抗日英烈（二首）

◎ 高　昌

其　一

从来青史最分明，澎湃黄河万古情。
点点寒光射残日，悠悠热血筑长城。
山倾海立旌旗奋，电舞雷敲鼙鼓鸣。
七十年间晴与晦，蓦然回首凛然惊。

其　二

桃花雨细润卢沟，杨柳风轻一径幽。
小夜曲摇新月醉，老栏杆拍古人愁。
桥边岂是猫儿爪，史上原来狮子头。
义勇军歌开口唱，情豪还似大江流。

烛影摇红·春明

◎ 郭大昌

　　清流横空，暖风卷起重飞越。子规声断暗销魂，盘玉如霜切。枝蔓铿然不屑，气昂然、冷光对垒。卷红一曲，易水风萧，敬腾笑靥。

　　酹酒中华，看银汉溢言人杰。微浮山岚，白松雪里苍髯叶。时下凌霄锁梟，卧春明、东风待阅。扬花灵动，尽照宏辉，江河欢喈。

金缕曲·纪念马宗汉[①]烈士

◎韩雪松

此地英雄气。是曾经、长空销黯,黑云翻噬。悲凤泣麟伤国步,宫外铜驼谁指?惊破了、簪缨旧第。剪发斯人何愤惋,向同盟尽售屠龙技。歌易水,忘生死。

而今千古垂名矣!遂当年、鲜衣怒马,鹄鸿之志。埋骨他乡堪抱恨,故土陵园空翠。雕玉像,铮铮汉子。几度断魂清明雨,代河山、为洒多情泪。明月夜,照青史。

注:①马宗汉(1884—1907),原名纯昌,字子畦,别号宗汉子。辛亥革命先烈。浙江慈溪宗汉人。15岁时,写有一诗:"世上英雄原不亏,雄才亦许常人为。如吾夙负平生志,当使声名千古垂。"

清 明

◎郝向阳

时近清明万物生,花潮涌动祭英灵。
舍生取义真国士,春酒一杯无限情。

清明（外二首）

◎鹤冲天

冬 雷

清明雨繁，春生杨柳岸。呼朋争引伴，醉湖畔。兴舞东风戏，自成妙文佳段。闲拾诗酒趣，小舟荡波，也敢左顾右盼。

飘摇层苇，挥桨破羁缠。惊了一池水，群鱼贯。力尽忘却三餐，初阳里，晨晖灿。前途莫多算，过了此时，还把命缰紧攥。

辞 坟

虬根散叶泣零杯，
离别总付千行泪；
他日再斟辞坟酒，
遥送思心万里归。

清 明 时 节

天时日相催，节令夜竞追；
地北飘飞雪，江南横翠微；
平地风筝戏，漫山杏香随；
同庆春已至，共举掌中杯。

春暮乡村即景（二首其二）

◎何永沂

枝头闹罢杏如何，诗近清明慨自多。
堪讶城郊江酒烈，落棉豪泛醉颜酡。

待　春

◎何永沂

待春倚醉拍栏杆，爆竹未燃风正寒。
已惯燕歌萦晓梦，试招梅魄醒河山。
清明尚远连宵雨，心境难偷半日闲。
最是书生空意气，年年惆怅玉门关。

哭聂翁绀弩（二首其一）

◎何永沂

节近清明默默哀，骚坛一夕失奇才。
灯前再读君诗集，铁狱冰林入梦来。

清明祭父有告

◎何永沂

生儿不肖负清明，宦富无缘白裓轻。
好作狂诗嗜鸦片，遍栽杏树听莺声。
骨销金铄寻常事，雨覆云翻天地情。
浪迹江湖何所有，浮图七级慰生平。

清明前二日至共青城胡耀邦墓前冥思

◎胡迎建

匡庐屹立鄱湖澄，草树青翠云霞蒸。
仰瞻石雕慈祥面，胡为择此为墓陵？
遥忆青年垦荒队，创业遇挫灾频仍。
书记专程来探望，道义勉励情深层。
竹夹棉写"共青社"，淳淳暖语指明灯。
要建高楼安电话，岂可箪食居茅棚。
劫后重来新气象，"鸭鸭"羽绒众口称。
可怜去职忧郁死，万人敬崇谁却憎。
尔来安眠二十载，此城蔚秀骎骎兴。
天人合一生态美，农林工商无不能。
而今骚人心香掬，一时悲喜交加凝。
九州又换新书记，耕云播雨看龙腾。

清明节祭鄱阳湖东畔康山忠臣庙

◎胡迎建

沧海桑田隔一堤,风吹芦荻似飘旗。
可怜流尽忠臣血,换得凯旋创帝基。

清明遥祭轩辕庙

◎胡迎建

逐鹿中原血泊污,轩辕挺起巨枭诛。
尘埃落定文明始,荒甸均承雨露濡。
难舍黎民龙驭别,慨留衣物众号呼。
而今共祭黄陵者,翘望终归一统途。

壬辰清明至父母墓前

◎胡迎建

凄悲往事梦如烟,两墓相依又一年。
兄弟齐心斫茅草,燃香衔泪拜碑前。

辛卯清明节前二日参加祭扫文天祥陵园

◎胡迎建

吾赣庐陵郡，节义从古铭。
文山众峦拥，富田四面青。
驰车络绎来，列队肃穆宁。
天阴垂云黯，雨漏如涕零。
刘公诵诔音，凄凄入窈冥。
青衿读诗声，朗朗荡壑陉。
缅想危难际，义利分渭泾。
百战志填海，一死貌拘囹。
乾坤存正气，凝结为列星。
杜宇啼碧血，播撒为花馨。
缓步登阶级，持菊拜墓陵。
世犹多腐恶，何以慰英灵？

八声甘州·清明

◎皇甫麓

向潇潇万里落花天，洒洒祭清明。信长风有赖，载得此醉，两世关情。云动黄鸦四起，散入陌花坪。眼里天涯事，耳底乡声。

野菜新茶酬客，问故乡梅柳，休道归程。笑此生聊倦，无意苦经营。待春归，随春红去，重收拾，一片盛花庭。黄昏雨，一滴滴落，更点滴听。

清明悼维和英雄三烈士

◎黄培友

"汉水东流逝不还",烈士维和震江山。
世界和平孰未想,但凡夙仇屠人寰。
男儿勇当沙场见,名垂青史南苏丹。
血洒他国多壮志,岂让太平变倭狂。
敬献花篮泪泉涌,追忆英雄路远长。

点绛唇·寒食(二首其一)

◎黄　绮

明日清明,且看欲尽花经眼。雨绵风软。肯负今春愿。
惟有多情,来去双飞燕。梨花院。为啣残片。不与离人见。

满江红·清明节北山烈士陵园扫墓

◎贾庆军

云卷哀伤,欲施泪。飘浮无助,风折续。湿凉扑面,忧集愁聚。河倦北山青肃穆,碑文风雨红酸楚。默听松,悲泣也声声,咽咽苦。

观名录,心相煮。思往事,情相与。叹硝烟,蒙难故国褴褛。血染旌旗前赴恤,魂归乡土清醇洒。对烈士献上英雄花,挥愁去。

解佩令·悼外婆

◎江合友

依稀吴语。温存村圃。稚童时、争相奔赴。把小官怜，蛋煮煎、咸香盈户。最难忘、笑颜煦煦。

尘寰真苦。亲人永去。恨家山、遥遥歧路。米寿垂成，却不道、余悲无补。忆篱墙、骤然泪雨。

读吴战垒撰西泠印社甲申清明祭先贤遗文哭缀一绝

◎金鉴才

观乐楼前冠似云，花光飞掠卓无群。
不知今岁清明日，谁草哀文更祭君。

贤山公墓祭亲

◎李广彬

雨后清晨绿叶新，行行翠柏祭吾亲。
碑前币纸燃思意，墓上花环表敬心。
旧事城中谈旧事，乾坤卦外论乾坤。
一轮红日空中挂，远处青山跪拜人。

浪淘沙·清明感怀（外二首）

◎李世峰

　　柳软雨如烟，策杖溪边。梨花开处觉微寒。燕子声声说往事，往事千年。

　　焦首是绵山，草木依然。踏青儿女闹喧阗。介子休说寒食冷，饤饾加餐。

谢友人赠明前崂山绿茶

　　几番风雨过清明，世路萧条醉难醒。
　　幸有崂山春色好，一瓯洗得天地清。

闲看园丁植树

　　晴和难得负暄天，节序清明桃李妍。
　　最喜邻人新种竹，明朝雨过玉飞烟。

七律·中华传统节日（四首选一）

◎李文朝

清　明

寒食上巳并清明，时令人文相共融。
禁火冷餐思义士，祓污续魄祭先灵。
慎终追远敦族睦，曲水流觞聚友情。
传统弘扬成载体，踏青欢悦沐春风。

浣溪沙·清明（四首）

◎李文佑

时值清明二月寒，边村弱柳雨笼烟。荒坟祭母哭新年。
薄命人生劳力尽，繁华世界可人怜。逢春何处话耕田？

雨湿青杨路不干，白沙荒处鹊啼寒。苍头人下泪潸潸。
护犊恩情长断奶，偿亲孝字等飞烟。春残犹记此天天。

风动景明紫气暄，桃花白尽绿随繁。春游应省世居难。
多少辈人长卧冷，几千个梦欲图南。到头终也负初欢。

欲去还留见苦心，桃花冷雨湿新坟。长安道罢泪沾巾。
殁后话多遗憾话，冢中人是世间人。生存无奈只儿孙。

浣溪沙·清明祭祖

◎林　峰

墓草斜阳照眼明，杜鹃声老怎堪听。耳边隐隐似叮咛。
春絮飞时人不再，榆烟浓处鬓还青。飘零心绪已难平。

黄花岗七十二烈士

◎林　峰

何故黄花不肯凋，珠江往事未曾遥。
亿年海国生豪气，万壑雷声下碧寥。
已许头颅酬社稷，早留志节薄云霄。
英雄血涌三千丈，遍染朝霞似火烧。

秋　瑾

◎林　峰

谁挟惊雷过九州，碧涛化血竞风流。
醉将浊酒呼星鸟，痛把青萍射斗牛。
魂共长风来复去，影同明月落还浮。
宝刀一曲声犹烈，笑看新春花满楼。

谢子长

◎林　峰

陕甘星火照霞红，势挟云雷气象雄。
马踏赤源思奋铖，兵临清涧欲盘弓。
青天光满黄芦宅，明月辉分翠叶丛。
灯盏一湾情未了，长留青史寄深衷。

卜算子·清明有寄

◎刘洪云

缱绻为谁来？点点知时雨。柳蔓青青草色新，陌上烟如缕。
浊酒酹荒丘，飐闪风飘絮。落尽繁华一梦沉，化蝶随春去？

纪念董振堂将军

◎刘庆霖

宁都义举赖心明，御战湘江识将星。
血路先锋肝胆见，铁流后卫鬼神惊。
祁连断剑救民死，马背横刀为国生。
城上头颅悬挂日，万山颔首敬英灵。

戊子夏，四川汶川巨震，伤亡破坏惨重。举国震悼。诗以哀之

◎刘斯奋

午节沉钲鼓，微吟感国殇。鬼雄缘血战，家破自天戕。
已异兴亡势，仍悲生死场。崎岖盛世路，风雨仗同裳。

水龙吟·清明节忆父

◎柳 琰

细风冷雨相兼，春来也染心头湿。洞庭远目，浓云垂幕，烟凝空碧。芳草粘天，杨花飞絮，乱红堆积。此恨如春笋，难消彼长，刀可断，无从掷。

生涯多寄秋霜，莫怪嗔，良宵吝啬。三分明月，惜难留取，更如过隙。泪眼吹干，寒碑抚热，苍穹影卒。料年年今夜，伴灯烛冷，守窗儿黑。

浪淘沙·清明祭祖感赋

◎刘智华

放眼旧山川，尤记当年。芳菲淑景望无边。杏浅桃红朝晖里，柳色如烟。伫立故园前，思绪联翩！长天梦断月难圆。流水沧波人去也，心境凄然！

浣溪沙（三首其一）

◎卢青山

腊水敲冰煮蛰鳞，江风绿诱草和莺，一犁酸雨锈清明。
短笛长歌吹百夜，颦桃恼杏压千春，小衫层碾落花痕。

清明谒张自忠将军雕像

◎罗金华

坚贞励节仰高风，卫国战倭思勒功。
血染沙场为取义，凝成典范播无穷。

抗震组诗（十首选五）

◎马　凯

其一　天塌地陷

大地抖，腥风虐；
川改道，山崩裂。
泥流石瀑从天泻，
广厦顿失烟灰灭。

千镇万村呼无应，
断桥残路飞难越。
疮痍满目家何处？
唯听废墟声声咽。
父老乡亲你在哪？
十三亿人心滴血。

其二　集结号响

震惊天，令急颁；
鹰展翅，箭离弦。
风驰电掣犹嫌慢，
恨不分身瓦砾边。
雨倾山摇全不顾，
排兵布阵陋棚间。
八方四面群英汇，
万马千军抢入川。
国难当头齐呐喊，
五星旗下肩并肩。

其三　生死搏斗

请挺住，别远走；
祖国在，坚相守。
派天兵堵鬼门口，
争秒分与死神斗。

顶断梁开希望路，
冒余震救亲骨肉。
残垣但见光一缕，
钻撬刨搬不撒手。
地狱劫生六千还，
人间奇迹新谱就。

其四　铁军无前

绝壁悬，激流湍；
灾情迫，火速前。
十万大军强挺进，
飞石箭雨若等闲。
拼夺孤岛盲区降，
抢掘废墟望眼穿。
生命走廊肩托起，
亲人过后泪满衫。
降洪伏雪英雄手，
蜀道难拦补裂天。

其十　华夏再赞

惊天地，泣鬼神；
五洲叹，四海钦。
多难兴邦缘何在，
临危万众共一心。

山崩地裂脊梁挺，
蹈火赴汤涌千军。
开放坦诚新形象，
自强仁爱民族魂。
顶天立地何为本？
日月同辉大写人。

杨开慧颂

◎潘　泓

雨狂风急浪侵天，谁为人民解倒悬。
身殁长沙凝碧血，名存国史恸青年。
贤妻良母心真慧，大义真情志最坚。
且为骄杨歌一曲，毋忘圆梦慰英贤。

痛心篇（二十首并序选五）

◎启　功

　　先妻讳宝琛（初作宝璋），姓章佳氏。长功二岁，年二十三与功结缡。一九七一年重病几殆。一九七四年冬复病，缠绵百日，终于不起，时为一九七五年夏历花朝前夕。是为诞生第六十六年，初逾六十四周岁也。

其　一

结婚四十年，从来无吵闹。
白头老夫妻，相爱如年少。

其　二

相依四十年，半贫半多病。
虽然两个人，只有一条命。

其　三

老妻病榻苦呻吟，寸截回肠粉碎心。
四十二年轻易过，如今始解惜分阴。
（一九七五年一月作，其病已见危笃）

其　四

梦里分明笑语长，醒来号痛卧空床。
鳏鱼岂爱常开眼，为怕深宵出睡乡。

其　五

狐死犹闻正首丘，孤身垂老付飘流。
茫茫何地寻先垄，枯骨荒原到处投。

率部祭扫抗日烈士陵园（二首）

◎瞿险峰

其 一

菊祭先贤酒奉亲，重来又是一年春。
碑尘拭去寻踪迹，指点新兵认故人。

其 二

肃穆观瞻耳畔鸣，犹闻战地马嘶声。
东瀛恶犬今重吠，激起忠魂再请缨。

清明答友

◎任松林

神州如故等奇寒，忍耐花时隔雨看。
有道乘桴辞国去，无言避席待春残。
秦余文字休同读，晋里桃源且自安。
公子经年钓沧海，可能得物起微澜。

忠魂祭——清明悼念因公牺牲民警李绍波同志诗词（六首）

◎芮自能

其 一

三月晴方好，分明不是春。
重云压古邑，落木殉何人。
举白无回步，投思尽望尘。
与君成永诀，中夜梦来频。

其 二

肩扛忠义担，生死一时轻。
私急何曾顾，公忧寸必倾。
苟能遂夙志，讵慕列虚名。
君去东山后，吾侪辨浊清。

其 三

名邦胸次似星罗，堕偏一颗意如何。
而今识得真师范，座右铭前列绍波。

其　四

君骨渐从岁月白，君心昭灼照西坤。
年年人事如安好，告与巍南月下魂。

其　五

怕向人间起悼词，春风吹落有谁知。
黄泉旧故如相问，数百精英齐默时。

其　六

断续容颜今尚存，东风近夜转寒吹。
怕思往事无寻处，去抚新亡数尺碑。

谒沈阳抗美援朝烈士陵园（三首选一）

◎沈世勇

雄碑高耸共天尊，宿卫青松列阵屯。
雕塑长扬攻守帜，铭文深刻死生痕。
硝烟弥漫风吹散，界石威严兵铸根。
莫用升平儿女态，来疑浴血护民魂。

清明瞻仰周总理纪念馆有感（二首）

◎舒 晴

一

桃垠碧水草如茵，崛起中华志气存。
瞻仰丰仪怀旧影，西花厅里见亲人。

二

桃夭李艳暖阳春，一路匆匆祭祖人。
谁道周公无后裔？接连不断涌淮门。

抗日英烈祭（五首选三）

◎宋彩霞

其 一

硝烟虽散莫忘仇，雨血难凝恨未收。
晓月曾惊倭寇焰，长风屡泣国家秋。
英灵夜啸犹厮杀，正气云蒸自劲遒。
沉陆已由前辈挽，中华尚待晚生筹！

其 二

烈士声名播古今，陈年往事共潮吟。
风来彼岸浮天涌，舰去苍茫落日喑。
剑戟恩仇随过影，乾坤荣辱最关心。
常思将勇英雄血，浩气冲腾泪不禁。

其 三

七十风烟逐逝波，梦中犹现旧山河。
旗开大野驱强寇，笔叩庠园讨恶魔。
拨鼓云涛书正道，挥兵雪岭化干戈。
太平盛世当珍惜，警惕东邻剑要磨。

清平乐·清明

◎ 陶 铸

清明晴彻。花艳墙南北。遥望岭南春更早，浓荫吹遍阡陌。

我欲卜宅漓湘。贫雇永结邻芳。沐浴东风浩荡，劳动学习昂扬。

注：这首词见于作者1967年《旧诗忆录》，写作年月不详。据陶斯亮同志回忆，可能是写于1967年清明，当时陶铸同志已遭受政治迫害，但仍乐观地多次申请去农村落户。

清 明

◎田应江

缠绵新雨又清明,
寂夜卧听泣蛙声。
不见思人空垂泪,
天涯同缅一撮尘。

爆破英雄马立训赞

◎王改正

阎东村外忆英雄,爆破惊雷震耳鸣。
据点都成火牛阵,碉楼翻做豆腐营。
仇敌犯我家园苦,神炮轰他日寇惊。
眼底江山皆锦绣,岂容魔怪再横行。

马本斋英雄母子

◎王改正

两代英雄母子魂,忠贞肝胆铸昆仑。
慈萱泪有民族恨,壮士情含社稷尊。

万马狂飙驱日寇，满腔碧血映朝暾。
如今浪起东洋外，一曲悲歌启后昆。

清贫歌赞方志敏

◎王改正

弋阳日暮鲁阳戈，半壁东南血泪多。
正气真如履善志，清贫恰似反贪歌。
头颅应向神州敬，牢底堪当铁砚磨。
烈士千秋激后辈，为官应爱好山河。

虽死犹生刘志丹

◎王改正

宝塔凌云忆志丹，延河起舞有龙蟠。
赴汤蹈火东征苦，浴血捐躯北斗寒。
板荡遥思荔园堡，悲风漫卷凤凰山。
家国梦想成真日，仰首星空我怆然。

临江仙·故乡清明

◎王海亮

雪覆苍茫大地，梦穿莽郁平原。运河千里势如弦。炊烟高柳树，灯火旧桑园。热酒暖茶亲炙，笑颜软语平安。别时容易见时难。松围坟墓冷，空洒泪如泉。

清 明

◎王建强

冷雨凄凄总不停，一团愁绪对孤茔，
外婆应记当年事，谜语多多总想听。

哀汶川震灾

◎王 引

玉垒浮云蔽断垣，回风蜀道杂悲酸。
物齐蝼蚁身终腐，坟近缥缃骨更寒。
狼藉九泉呼望帝，虎贲百死问材官。
至今堰塞平湖水，犹似啼痕不肯干。

浣溪纱·谒谭嗣同故居

◎王蛰堪

剑胆琴心恨未销,好将民主忆前朝。当年谁会笑横刀。
为有先知醒众醉,但期后浪叠狂涛。不应烈士血空抛。

浣溪纱·清明

◎魏新河

雪白梨花月白天,长安榆火记分烟,清明熟食自年年。
不尽情丝支命薄,无多剩泪待春残,吟边不敢忆从前。

满江红·哀汶川

◎魏新河

痛哭神州,西南际、陆沉天坼。君不见、道崩城没,石飞江立。谁去纵勘青史血,我来横下苍生泣。见王师十万指狂尘,中肠迫。

安和乐,衣共食。职与俸,车兼宅。是哀哀父母,岁时供给。列国或开悲悯眼,此邦不折艰危脊。正千家野哭压吾庐,忧端集。

清明祭彭德怀元帅（三首）

◎吴成岱

一

立马横刀彭老总，每逢敌阵敢争锋。
平江起义威名壮，五井点兵星火红。
万里长征开血路，百团大战破囚笼。
挥师报捷戍西北，抗美援朝建伟功。

二

革命洪流踏浪行，南征北战马蹄轻。
雄师点将王家峪，虎帐谈兵细柳营。
海瑞精神分左右，魏征胆略识昏明。
一生坦荡不唯上，赤胆忠心照汗青。

三

旷古阳谋信一封，万家忧乐与民同。
江山旧貌方涂赤，皇帝新衣欲走红。
逆耳忠言来笔底，铭心真理在胸中。
风云变色含鄱口，六月飞霜染劲松。

清明（二首）

◎吴 灏

丙申清明

深居苦雨花吹歇，雨雾迷茫春欲别。
天寒日薄对酒杯，匆匆又过清明节。

武陵春·咏梨花

春气阴沈寒料峭，寂坐看梨花。冷淡幽情自一家。微雨湿铅华。
节近清明深院里，醉梦一枝斜。悄夜窗前映雪枒。呼月照仙葩。

清明七律（五首）

◎吴化强

谒包公祠

香花墩畔柳如烟，引我遐思入九天。
世界名传孤子孝，中华人颂老臣贤。
廉泉有味滋黎庶，雪藕无私飨大千。
闻道河清风蔚起，从严吏治挞吟鞭！

纪念长征英烈

群星闪耀宇环东，血化丰碑济世穷。
赤水翻腾云出岫，定桥荡漾路飞虹。
万年花草铺天下，全党衣冠照镜中。
不忘初心昂首去，史诗绝唱数英雄。

抗战书怀

破国三光盗未休，屠城卅万血横流。
苍天忍泪秦淮咽，厚土离魂太岳收。
窑里油灯红海外，儿庄尸骨白山头。
至今富士难绅士，窥我琼楼结海楼。

樱花别恋

明艳初开万里韶，花声响动九春宵。
情追海霸妆金粉，根系龙乡挺玉腰。
倾国倾城红牡伴，为云为雨碧霞烧。
爱她千载由她去，恨别惊心入梦遥。

忆张思德

莽苍沟壑下窑烟，取暖情深向枣园。
木炭烧红甘陕地，灵魂告白海江天。
千官私利一鸿羽，万载公心五岳巅。
本是草根沉默久，思君思德复思贤。

丙戌清明后一日京城小雨夹雪甘棠诗社邀游玉渊潭赏樱花相约步海藏楼韵（四首其二）

◎吴金水

满目绯云覆短墙，今朝俊赏赖甘棠。
何分旧雨还新雨，要趁花香佐酒香。
辨蕊应疑刘梦得，赋诗谁是孟襄阳。
醉余我暂忘孤闷，且伴诸君纵笑狂。

癸巳清明前一日祭扫长句以记

◎吴金水

郊外寒原土作堆，白杨飒飒纸飞灰。
未闻鸟语喧林树，但见春晖遍草莱。
十八年间几多悔，九重泉下可知哀。
晚来或有殷勤嘱，无限悲风为我回。

清明前一日晦窗来京小酌相约赋此

◎吴金水

忧深不觉万花辰，只劝壶中潋滟春。
都邑已亡千岁郭，羲和犹骋九天轮。
横流他日成沧海，倦蝶先期作化身。
珍重今宵能此会，裁诗聊记帝乡尘。

辛卯小清明拾梦斋雅集

◎吴金水

兰室烟霞引逸人，折来芳杏助氤氲。
陌头正是风鸢乱，檐外还闻鹊语勤。
把卷论诗酣绿发，飞花传酒醉红裙。
更思沂上随曾点，闲趁春风浴縠纹。

念奴娇·追思焦裕禄

◎习近平

中夜，读《人民呼唤焦裕禄》一文，是时霁月如银，文思萦系……

魂飞万里，盼归来，此水此山此地。百姓谁不爱好官？把泪焦桐成雨。
生也沙丘，死也沙丘，父老生死系。暮雪朝霜，毋改英雄意气！

依然月明如昔，思君夜夜，肝胆长如洗。路漫漫其修远矣，两袖清风来去。为官一任，造福一方，遂了平生意。绿我涓滴，会它千顷澄碧。

（一九九〇年七月十五）

清明过黄蔡墓（二首其一）

◎熊东遨

英烈谁堪匹？百年无此贤。
生逢乱世末，死葬名山巅。
驱虏功何伟，平权境已迁。
只今庐墓侧，凭吊有榆钱。

丙申清明登乐游原看樱花

◎徐长鸿

清明即惊艳，香沸古原尘。
裁得扶桑锦，妆成上苑春。
上苑人如水，繁华照罗绮。
天仙环佩声，纷堕云霞里。
风回胭脂冷，留取瑶台影。
明年不再逢，画图尚堪省。

丙申清明登西安古城

◎徐长鸿

春衫初换上城头,万井沧桑扑客眸。
渭北浮云连凤阙,终南积雪照皇州。
莺啼古柳官桥老,花掩重门永巷幽。
却是清游千载后,衣冠不复见风流。

蝶恋花·清明祭先烈(外二首)

◎许传利

逐鹿中原驱虎豹,讨逆征鞍,大漠孤烟袅。策马黄河星火燎。挥师建邺红旗耀。巍峨长城终不倒。

劲弩强弓,鲜血知多少。英烈忠魂萦太皓。居安赓志须边保。

祭拜先烈

万象肃然惟励言,千峰凝翠黯云屯。
丝丝细雨添哀思,朵朵白花总断魂。
碧血丹心边月共,金戈铁马壮怀存。
继承遗志兴华夏,正本求源除孽根。

怨回纥·清明祭英烈

柏饮苍天泪,风旋纸蝶幽。缅怀从古烈,感颂固金瓯。圆梦清平乐,消魂杜宇啾。后昆赓壮志,同德铸春秋。

清明诗组诗(四首)

◎ 薛 景

怀 屈 原

春满秭归花木珍,汨罗流水至兮淳。
橘林梢上天光冷,清烈祠中面目真。
一卷离骚遗古梦,千家角黍慰灵均。
怀襄未解秋兰意,惆怅空余独醒人。

清 明 有 寄

一度清明至杳然,天涯倦客不成眠。
凄风冷雨帘栊外,素壁残灯几案前。
杨柳汀州花有梦,荠荷浦溆叶无言。
应期尔后新晴日,三五邀约共赏玩。

花溪清明

河滩十里春风暖,楼外枝头尽绿痕。
水鸟沙洲惊宛转,落英桥岸数缤纷。
不闻歌舞音容故,但见杯盘日月新。
抵暮归来檐下柳,青青可爱盼谁人。

清明后观赏杜鹃

造化天成延百里,随风摇落笑嫣然。
由来不叹花期短,但把缤纷驻世间。

女冠子·祭恩师(外一首)

◎嬿 郅

一

清明又至,诚铸诔文为祭。雨凄迷。泪眼朦胧际,肝肠寸断时。
清风萦瘦柳,雾霭吻梅枝。幽幽轮回路,几人踟?

二

寄托哀思,唯有几张薄纸。痛伤离。何处孤枭唳,依稀夜鹊啼。
燃心香一柱,捧淡酒一杯。借素笺小字,悼恩师。

三

浩淼湘水，喟叹含悲心碎。盼魂归。不舍恩师去，苍天也泪飞。忆音容笑貌，提笔赋诗词。无奈才疏浅，屡迟疑。

清 明 柳

三月梨花似雪飞，轩窗喧语泪双垂。
断魂杜宇清明柳，冻雨氤氲天地悲。

诉衷情·念彭德怀

◎野　夫

扶助弱旅着军装，戎马半生将。肝胆大愿未果，鸭绿横断贼想。走华府，探民望，殁志殇，无欲何顾，遗愿人间，斗牛留芳。

清 明 踏 青

◎易　行

李紫鹅黄聚一城，闲云散尽是清明。
庭前昨夜杏花雨，郊外今朝柳叶风。
唤友呼朋尝嫩绿，携妻带女采新红。
归来即命知春手，原味原汁写世情。

清明夜行

◎易 行

纷纷细雨又清明,大道无须问牧童。
一脚油门七彩路,酒家何处不霓虹?

清明翌日

◎易 行

梦过清明雨转晴,朝花烁烁望晨星。
娇阳一露含羞面,杨柳春风尽染红。

自律词·清明

◎易 行

水泄不通京畿路,原来又到清明。扫墓踏青祭英灵。来也匆匆,去也匆匆,无拘无束自由风。放下就是轻松!
先贤已归净土,后来还要前行,不到目的脚不停。山也重重,路也重重。一年多少桃源梦?全都说与杨柳听。

清明悼念先烈

◎银 昱

寒食冷雨自哀啼，烈士墓前泪沾衣。
朵朵梨花绽白语，株株脆笋蜕棕皮。
迎宾酒肆供素菜，陌路游魂怎晓饥。
典训成书泽万世，再见英容已无期。

念奴娇·也咏焦裕禄书记

◎岳 阳

战天人去，剩丹魄、挥染神州风物。吏治澄清，兰考梦、多少官应面壁？万里沙丘，千堆碱土，誓作烟灰灭。豪情冰鉴，至今铭记英杰。

严雪曾也封门，病躯拼了后，苍穹悲咽。苦短人生，观两袖、唯带光风明月。故国沧桑，班廷盼引路，复兴情切。焦桐常绿，一泓舟水方澈。

清明怀父诗词（五首）

◎ 曾 峥

少 年

辛卯清明前三日梦父。

花漫白云天，长川立少年。
春风抚寥阔，我父自深眠。

清 明 梦 父

十载孤茔雨，寒温未可询。
所亲唯腐草，无语共邻人。
推户物迹在，隔屏音像真。
何因长入梦，斥我尚单身。

清明前梦父作

古人未有居丧而赋诗者，盖悲难藻文也。父逝七年，殆无一字，竟作，疑非出己手，读之大恸。

泉路荒寒衹梦通，七年我父住城东。
遥知此际天涯雨，时溅茔封一角砼。

己丑清明忆父

2000年9月30日，全家赴江汉路购物、游乐。及归，母亲建议打车。父亲道："坐轮渡吧，很多年没坐船了。"父亲生在这座城市，长在这座城市，这是他最后一次去汉口，最后一次乘坐武汉轮渡。

东流无尽孰如斯，归客凭舷鬓有丝。
长记晚钟秋雨里，全家低语渡江时。

丙申清明前二日忆先父并亡殁诸父执

踏青儿女返灯前，不信投荒五十年。
剩有故人同一笑，江湖分月众坟圆。

清明登雨花台（外二首）

◎紫　汐

步履高台气郁深，青松茂影隐重门。
长碑独向西风凛，遗墨久经日色昏。
花岗石前花岗烈，落英山下落英魂。
前程莫忘今朝誓，天地悠悠泣雨痕。

清明过南京秦淮河

凄风吹恨雨，水漾柳如烟。
商女昔时唱，游人永夜叹。
千年流不尽，百舸渡连绵。
血化胭脂色，几回遍此川。

观纪录片《清明上河图》

杏花十里又清明，水渡笙歌满汴京。
坊肆纷纶南北客，舟车络绎旦夕情。
丹青曲笔描风物，金粉无辜饰太平。
三百繁华终一卷，古今来者可心惊！

点 绛 唇

◎紫 韵

霎雨清明，朦胧烟锁庭前柳。那年过后，不见桃花有。
忍看香残，更作伤心皱。思量瘦，醺醺病酒，和泪沾襟袖。

纪念邓小平同志诞辰110周年（三首）

◎张功文

一

韬略玄黄学海深，穷经致用苦修身。
蓄谋而俟心如镜，得策则行神似春。
独见正邦龙虎胆，先知匡国管田魂。
泱泱华夏穰穰满，风起南巡功德勋。

二

风雨沧桑世，安邦设计师。
开山斩荆棘，改革破重围。
碧血牵民瘼，丹心盼港归。
英才载青史，九域享春晖。

三

终生戎马固江山，威震沙场敌胆寒。
剑气冲云惊海内，角声撼月慑人间。
剖心沥胆燃情共，斩棘披荆捷足先。
改革元勋垂玉宇，兴邦统帅胜前贤。

清 明 祭

◎ 张 国 忠

古树悲风人素装，缅怀先烈队成行。
丰碑不共青山老，警示今人挺脊梁。

江城子·悼胡耀邦

◎ 张 海 鸥

哀民十亿痛相随。悼英魂，泪如催。忠直平生，此际黯然归。磊落平生知憾事，风范永，令名巍。

中华多难盼腾飞。正蹉跎，望君回。大业维艰，君后可期谁。埋骨青山留正气，功赫赫，月同辉。

汶川大地震后痛思

◎ 张 海 鸥

王土裂西南，天心讵可谙。
生灵罹难苦，鬼魅遇时甘。
有地兴黉舍，无期治腐贪。
徒然悲国体，落笔意何惭。

清明节祭敬爱的周总理（二首）

◎张文华

一

怀珠吐哺竭君民，炖泪红烛赤子心。
沥血苍生忠骨傲，披肝大业汗青魂。
清风世范惊天地，正义德昭泣鬼神。
含笑九泉江海去，比肩亘古有谁人。

二

歌罢大江壮志酬，定夺天下展奇谋。
南昌统帅雄兵建，遵义识君伟略筹。
戎马功勋昭日月，治国相绩炳千秋。
舍生让伞高山仰，民重官轻世代讴。

破阵子·清明

◎张玉子

雨落珠江忽没，人间香火长明。塞北晚梅千树放，小巷沙燕一线升。霓虹映青灯。

木棉欲灼游子，晴翠不接荒城。旧梦新人识野冢，去年今日锁春风。家书隔世成。

同寤堂兄过羊城访云泉居酒老晤永新兄值汶川大震第二日

◎张月宇

天昏地撼海扬波，多事之秋可奈何。
南苑方消封路雪，西山又起采薇歌。
千行涕泪承摧圮，一片诗心被折磨。
把盏相逢茶以代，从今十日废吟哦。

虞美人·怀鉴湖女侠

◎张忠梅

南天初霁云飘絮，踯躅湖边路。青山万里奏松涛，相和碧波奔涌唱英豪。
当年奋补金瓯缺，甘洒腔中血！睡狮唤醒豁神眸，赢得河山春盛壮千秋！

秦楼月·清明夜天安门广场祭奠先烈

◎赵安民

清明月，清辉遍洒清明夜。清明夜，清风轻咽，缅怀先烈。
丰碑矗立心头热，永垂不朽英雄业。英雄业，天安门耸，九州同阙。

网上祭英烈感赋

◎赵日新

鼠标轻缓牵情愫,滚动清明泪雨纷。
草几枯荣英烈冢,春终开启幸福门。
刷新故事刷新梦,复制精神复制魂。
扫墓且从心上扫,冥思长伴步红云。

清 明

◎赵天然

他人祭祖我寻春,久客边关满面尘。
一问乡情双泪堕,年来又改梦中身。

鹧鸪天·清明

◎赵天然

拂面微凉寒食风,玉门关外去年同。人经岁月离情重,令至清明感意浓。
蝴蝶白,杜鹃红,谁家新冢傍云松。乡心疏索凭何寄,雁影长天回望中。

行香子·己丑清明踏青（外二首）

◎郑虹霓

退了余寒，忙着春纨。邀伙伴，好趁晴天。纸鸢矫健，莺语轻圆。探杨花乱，藤花绕，菜花繁。

熙熙士女，碌碌车鞍。到湖边，日已三竿。野桥木脱，画舸超员。更楚腰乏，星眼困，柳眉弯。

癸卯清明回乡偶题（二首）

一

山花烂漫逐轻车，暖映青崖灿若霞。
随意春芳聊驻足，清新香入六安茶。

二

少年心事半尘沙，又向青山问旧家。
山鸟山花如识我，春随淠水到天涯。

金缕曲·悼宋亦英[①]吟长

◎郑虹霓

风雨来何遽！向庐阳，几回呜咽，几回凝伫。依约榴花红照里，细语金针度与。更携手，殷勤叮嘱，彩笔当书新世界，莽乾坤，绘入丹青谱；勤补拙，今胜故。

岂知一别成千古！捧遗编：高歌慷慨，龙腾凤翥。泼墨神州春无限，哪管个人酸苦？肝胆赤，词坛名著。绿草芊绵清明又，展云笺，泪湿情难诉！曲有误，谁相顾？

注：①宋亦英（1919年12月—2005年2月），祖籍安徽歙县，当代著名诗词家，书画亦佳。1936年毕业于国立北平艺术专科学校西画系。1945年参加新四军，后来从事文化工作，出版了《宋亦英诗词选》《青草堂吟稿》和《宋亦英集》等。1987年出席北京中华诗词学会成立大会，并被选为中华诗词学会理事。

过亡友旧居

◎郑 力

纵多闲日非常过，但有村醪未觉贫。
石砌阴阴桐叶里，三年我梦扫花人。

缅怀邓世昌

◎郑世雄

冲霄胆气贯长虹，壮志胸中烈火熊。
蹈向狂涛驱敌寇，拼将热血溅艨艟。
马关条约疤犹在，钓岛风波曲未终。
但见滔滔黄海上，飞鸥逐浪觅英雄。

七律·探访浮图峪长城暨孟良城遗迹

◎郑有光

山中险涉十余里，吊古溯源寻废城，
但见今朝烟影远，焉知昔日塞尘惊。
此间征战遗垣在，却是祥和无角声，
缅忆国殇思悲壮，寄怀承志再扬旌。

浣溪沙·清明（外二首）

◎周爱霞

又至清明烧纸钱，未添小冢已潸然。三杯苦酒问重泉。
冷雨何人忙递伞，饥寒无处有炊烟。一层黄土两重天。

清明怀父（二首）

今该踏春日，去岁束麻冠。
从此清明后，年年噙泪看。

手拨野间荒，身温冷冢霜。
唯求终不曙，一日尽千觞。

清明（五首）

◎周逢俊

一

清明祭——为大型国画主题创作，井冈山黄洋界采风，感怀以志：

翠峰云树入清明，战地年年花叶荣。
欲报国恩培厚土，甘为人范救苍生。
硝烟过处江山丽，热血流时社稷清。
可叹民风连日下，一怀愁绪对青荧。

二

花争暖树小村前，为报归程春已先。
故老开颜叨旧事，邻童绕膝指新迁。
松冈带露云烟杳，涧底回风鹤影玄。
浪迹天涯三十载，犹怀一梦对山圆。

三

客地犹寒绪满生，遥岑风雨隔归程。
花香故向愁人发，草色偏随旅影萌。
强作欢言教野祭，哀将梦呓诉荒茔。
家山咫尺烟波渺，渡柳春前空自荣。

四

晓雾初开陌上新，朦胧恍入故园春。
山匀杏雨迷漓景，水漫芦烟缥缈尘。
久寄都城漂作客，偶归故里忽成宾。
梦回但见松冈远，野火年年照旅人。

五

每到清明已自哀，松冈翠气接青槐。
云深雁影追思去，日短仙踪待梦来。
欲入烟波愁旧渡，空遗柳色怅新台。
花繁竟是伤心事，岁岁今时带泪开。

谒拜北京西山无名英雄纪念碑感赋

◎朱怀信

披霜履雪历艰程，机敏周旋隐敌营。
马场町前驱暗夜，台湾岛上唤光明。
旗红映日浸君血，歌壮迴天融尔声。
肃立碑前默无语，山河大地祭精英！

如梦令·清明意

◎网络诗人"allenw73"

年少韶华追惜，对比现今孤寂。
严父路先行，告别挽诗悲笛。
寒食，寒食，春祭念心将极。

采桑子·清明节祭父母

◎网络诗人"翠竹189"

慈祥满面微微笑，越二十年。如是昨天，更到清明浮眼前。
一生辛苦艰难度，未了魂牵。均报平安，告慰双亲心放宽。

清明有祭

◎网络诗人"如果"

冢草春来碧,斯人安可归。
唯有风中烬,长化素蝶飞。

清 明

◎网络诗人"潭k影r心"

林风萧萧又一年,逝人已遥泪枯干。
黄纸化灰风吹去,心中血痕只难干。

清明忆故人

◎网络诗人"叶伴霜飞"

剪去杏花不放春,去年封酒却独斟。
还赊一宿清明雨,伴我江村忆故人。

浪淘沙·岳麓山清明怀古黄兴

◎ 网络诗人"渔翁钓叟"

青史翻百岁,尽是英雄,斯文旧国做将军,义举黄花身不顾,弹雨枪林。玉阶拾百级,柏傲碑撑,风流千古载黄轸。今朝盛世酬公志,足慰英灵。

清　明

◎ 网络诗人"云海萧音"

风送香云任晓天,清明扫墓泪陵园。
可知塞外他乡客,山水虔书托远函。

新诗

清　明

◎孤　城

坟墓沉睡，桃花醒来。
一棵桃树究竟要送走多少条桃花命，才有资格
不堪负痛。

我不说出桃花，早有细雨闪烁的言辞
加以细述。

一只鹰，凭身体沤制的碳素
抒写高远桀骜的魂灵。毫无褪色。

旧草坡，像一堆湿漉的抹布。
人世浮华，流水宴席。比试耐力。

坟墓沉睡，桃花醒来。
凿碑人连同那些刻下的名字，到底没有硬过
石头。

庙堂钟声，以及绕指柔的流水，与沙漏
在悱恻。在寂寥的高处，清风独享了嫩叶上
浅浅漾动的柔光。
搬运一个人内心，风铃般灵动的芬芳。
你在山上，难得和自己

和一束素花搀扶的亲人，守在一起。纸灰慢慢
发白，变轻。
随了一阵风离开，止不住物哀，止不住剥蚀。
爆竹声碎，此起彼伏。
区别仅限于
在相同的轰然崩塌下，祭奠者想起——
不同的身影：不见了，就那么一晃，
快得让人对尘世滋生
短暂的泄气。
向下的斜坡，人影细小，混同于轻烟
混同于草木的飘摇……

大地案头，时光装订的书页
高高垒起四种颜色的封面。
收录有关逝者的烫金词汇，
也包括
输给岁月的那些痛而空的挣扎……

坟墓沉睡，桃花醒来。
忽然就想，下山后，找一个人一起坐坐。
不为什么，
就是坐坐。

就是坐坐，
不为什么。
不为雨纷纷，不为那些欲断魂的伤心事。

坟墓沉睡，桃花醒来。
十万朵桃花纷纷，
十万层静谧—— 一层一层铺展开来。
这恩慈、肃穆的安宁，被三两星犬吠碰碎之前，
几乎看不出
山坳深处，那些黢黑枝桠遮蔽的村落里，
洪流般暗涌的欢唱与呻吟，
不辞昼夜。

父 亲

◎李文佑

热黄土
裹着血痂
一层层剥去
赤裸还带着腥味

三朝的汤饼
依然是土的颜色
乳汁似乎有些苦涩
鸡鸣暮蛙
音乐版本的记忆
教会了最早的发音
邻人说有点儿像妈吗

青草的气息
畜粪泥巴
刻上成长的日记

老财主的偏房
挑唆出爱的萌芽

有山有水的村庄
场圃上的碌碡
勒痕
由汗水洗涮

年轻的记忆
由嵌骨的弹片诉说
不在战斗中死亡
就在贫病中活着

曾经乞食的痛
贴上疯子的标签
没有一个买家

儿女
恨自己成长的太慢
没脚力随你流浪

沧海桑田

新麦的滋味初尝
一夕便写就了
生命的最后乐章

指甲缝里的黄土
还没有洗尽
故事因无发可擢而
留白

一枚小钱
送你上路
去续写爪哇国的故事

如今父亲
怀抱黄土
在一粒砂中长眠

年年清明雨
淅淅沥沥地
荒丘身影
估计
听不出谁的声音了

清 明

◎王 伟

用一生行走在祖国的大地上
我用一生
去行走
在你的土地上我不知疲倦
你那广阔无垠的山河
负载着千年的梦想
自古
这就是一个英雄的国度
磨砺青铜的箭镞
于赤石之上
在远古的荒野
后羿张弓，射杀九个
暴虐的太阳
也有人因为对光明的渴求而
不停地奔走
因饥渴和疲惫轰然倒塌的身躯
化山脉化膏壤化河流

在水中央
在诗经中的桑林
在朝堂在村野在同仇敌忾的战场
那质朴的歌声

如风四散

如雪飘扬

家与国

爱与悲伤

那在文字里流布千年的诗魂

如旗猎猎

如水汤汤

青牛来自那遥远的泽国

从东到西

走走停停

这道路用五千字铺就就

已经很长很长

一朵神秘的云

停在智者的上空

他说

要学会倾听水的声音

水一生孤寂

却用卑微的光

映照永恒

用一生行走在大地上

带着众生的渴盼

礼乐与仁政

风尘仆仆

勇敢的木车越过

齐鲁大地知其不可的
泥泞
生无所息不舍昼夜
以弦歌不绝的激情
唱一首两千年文化复兴的梦

走在大地上我看到
在历史的暗夜里
那绵密的灯火
以诗心点燃
以热血传承
那灯火从燧人氏的岩洞
从屈子的案头
从杜甫的孤舟
从苏轼的雪堂
从鲁迅的后院
传来
化成中华文明璀灿的星空

用一生
行走在
祖国的大地上
沿着先贤指引的道路
我们目光炯炯
脚步如风

清明——国魂永存！

◎紫 韵

清明的雨，
潮湿了空气，
唤醒了春梦，
像老天的泪滴，
见证了今天的国魂之祭。
洁白的花朵，
带着我最崇高的敬意。
染血的丰碑，
屹立不摇的基石，
长眠在黄土里的身躯。
是夯实和平的奠基，
匍匐在渫血中的灵肉，
正撑起民族的背脊。
中华大地，
我们的热血在凝聚；
炎黄傲骨，
你们的精神在延续。
时代在前行，
祖国的青春，
在战火里洗礼。
成长的足迹，
延伸在世界每一个角落，

这是巨龙精神的奋起。
激昂的光刃里，
是灵魂激进不可磨灭的经历；
浩瀚的精神里，
是骨血叫嚣勇往直前的勇气。
酥润的雨，
重生九州翠绿。
勃发的未来，
盎然的生机，
扔掉不该有的哀泣，
将阳光照进生命，
将恢宏续写传承。
国心记忆，
国魂永存，
以英雄的名义，
以热血的传奇，
铸就华夏儿女的坚毅，
千万年，
我们在一起！

历代清明诗词索引

一、祭祀篇

寒食清明的主要活动是祭祀,从国家层面到百姓家庭,在这一节日里,都要对先祖家人进行祭祀活动,因此历代描写春祭的诗词特别多,本书精选了历代国家祭祀仪式上的雅颂诗章及描写祭祀的民歌、文人作品十六首。

九歌·国殇　屈原 5
乐府·迎神歌八解　谢朓 5
蚕丛诗四章　无名氏 6
周祀五帝歌(十二首其三)　庾信 8
齐雩祭歌·青帝　谢朓 9
梁明堂登歌(五首其一)　沈约 10
明德凯容乐(明帝室)　王俭 11
社稷歌(四首选二)　牛弘等奉诏作 12

齐明堂乐歌（十五首其九）　无名氏 13

五郊乐歌（五首其一）　无名氏 14

青帝歌　无名氏 14

郊庙歌辞·五郊乐章·雍和　魏徵 15

郊庙歌辞·武后明堂乐章·皇嗣出入升降　武则天 16

天圣五年春省试献羔开冰　文彦博 51

立春都堂受誓祭九宫坛（二首）　方岳 71

祭黄帝文　毛泽东 120

二、悼亡篇

怀念亡人是清明的又一重要主题，本书选了历代优秀清明悼亡诗五十一首。

诗经·唐风·葛生 3

诗经·邶风·绿衣 4

诗经·小雅·蓼莪 4

悼亡诗　沈约 10

吊灵均词　皎然 26

吊国殇　孟郊 27

悼亡妻韦丛诗：遣悲怀（三首）　元稹 33

君不见　薛逢 38

木兰花令　苏轼 53

俞清老挽词（二首其二）　李之仪 56

挽易氏　王庭珪 58

癸丑寒食曹山饭僧荐章淑人不胜悼往之怀书二诗于
方丈屋壁（其一）　孙觌 58

薛舍人母方氏太恭人挽章（二首其一）　杨万里 63

挽潘孺人（二首其二）　黄干 66

次韵昌甫寒食（三首其一）　韩淲 66

张运判（师夔）挽诗　魏了翁 69

哭孙季蕃（二首其二）　刘克庄 70

念奴娇（寒食次卢野涉，并怀孙季蕃）　赵以夫 70

挽罗榷院子远（三首其一）　刘应凤 74

挽汝南袁君（三首其一）　何梦桂 75

挽陈尧　贡师泰 82

尉迟将军墓　陈琏 85

中丞徐公追挽先君三章甫至举寒食奠感叹之馀因成二绝奉报　王世贞 86

乙巳清明日哭三儿（二首）　方仁渊 97

泛舟虎阜因吊五人之墓自春徂夏盖三至矣（三首其二）　夏孙桐 103

七里泷登西钓台吊谢皋羽先生　俞明震 104

义军追悼会（二首其一）　骆成骧 105

都门清明日有感　许南英 105

兰陵王　李岳瑞 106

清明谒袁督师墓　黄节 107

金缕曲·吊四川邹容墓　邹韬 111

云南起义纪念日，依韵和邃汉室主人率成二律　夏子麟 112

吊张荩忱将军　董必武 115

挽左权同志　董必武 115

题赵一曼纪念馆　郭沫若 116

与莲英淑贞过黄花岗七十二烈士墓　黄松鹤 116

吊刘烈士炳生（八首选二）　柳亚子	117
悼杨铨　鲁迅	118
惯于长夜过春时　鲁迅	118
八声甘州　吕小薇	119
蝶恋花·答李淑一　毛泽东	119
访丘东来烈士陵园故居（三首选一）　聂绀弩	121
访丘东来烈士陵园故居（又三首选一）　聂绀弩	121
陈烈士祠　沙曾达	121
满江红　苏渊雷	122
蝶恋花　汪东	122
临江仙　王季思	123
悼亡妻诗（二首）　王世襄	123
吊许建业烈士　许晓轩	124
挽空军傅啸宇烈士　张虬生	125
蝶恋花·黄花岗七十周年祭　朱庸斋	126

三、风俗篇

寒食清明有独特的风俗传统，如寒食、蹴鞠、荡秋千、斗鸡等，本书选了历代描写这些风俗的诗篇十七首。

镂鸡子　骆宾王	16
奉和圣制初入秦川路寒食应制　张说	18
初入秦川路逢寒食　李隆基	19
寒食后北楼作　韦应物	27

长安清明　韦庄 39

秋千　韩偓 41

旅寓洛南村舍　郑谷 42

宫词　花蕊夫人徐氏 45

寒食　夏竦 49

近清明（二首其二）　张耒 56

宫词（二百九十八首其四十九）　赵佶 59

寒食清明（二首其二）　刘克庄 70

都城杂咏（四首其三）　宋聚 82

清明　李时勉 84

千秋岁　徐有贞 85

蹴鞠行　邓云霄 87

拟古杂体（十九首并序其一十二）　邓云霄 87

四、登游篇

临高郊游是清明的重要传统，本书选择历代描写清明春游的优秀作品十六首。

清明日龙门游泛　李峤 16

清明后登城眺望　刘长卿 22

清明日登城春望寄大夫使君　王表 27

清明日登老君阁望洛城赠韩道士　白居易 32

鄂渚清明日与乡友登头陀山　来鹄 43

清明登奉先城楼　罗衮 46

寒食招和叔游园　苏舜钦	51
昔游　郑獬	52
寒食怀游诚之　周南	67
杏花天·清明　史达祖	68
锦帐春·淮东陈提举清明奉母夫人游徐仙翁庵　戴复古	68
幽州寒食游江乡园　汪元量	77
次韵何廉昉太守感怀述事（十六首选一）　曾国藩	95
琵琶仙　冯煦	97
清明日游白云山（二首其二）　丘逢甲	99
清明同友人游八卦山（二首其一）　陈肇兴	111

五、怀思篇

　　清明也是思念故乡、亲朋的季节，历代诗人多有清明怀人之咏，本书收录其优秀者三十五首。

岭表逢寒食　沈佺期	17
和上巳连寒食有怀京洛　沈佺期	17
春望寄王涔阳　刘长卿	22
清明　杜甫	23
寒食宴城北山池，即故郡守荥阳郑钢目为折柳亭　羊士谔	28
寒食夜寄姚侍郎　张籍	29
寒食夜有怀　白居易	31
中书连直寒食不归因怀元九　白居易	31
清明日园林寄友人　贾岛	33

寒食夜池上对月怀友　雍陶	35
清明日曲江怀友　罗隐	39
寒食日怀寄友人　齐己	44
客中寒食　李中	47
送李绛伯华户曹　郭祥正	52
寒食（二首其二）　苏辙	54
对酒次前韵寄怀元翁　黄庭坚	55
路西田舍示虞孙小诗（二十四首其五）　李之仪	56
清明日作　赵佶	59
寒食　朱弁	60
再次韵寄朱希真（二首其一）　张嵲	61
乡人项服善宰鄱阳有政声人惜其去用郡圃栽花韵作诗数篇叙别遂和以送之（四首其三）　王十朋	62
寒食客中有怀　范成大	62
寒食怀西湖去岁游从　李洪	64
寒食雨中（二首其一）　杨冠卿	65
寒食前三日野步乌龙山中石上往往多新芽手撷盈匊酌玉泉煮之芳甘特甚有怀伯承兄赋此以寄　张栻	66
客枕闻鹃　吴锡畴	73
杨柳清明近（二首其二）　舒岳祥	73
挽汝南袁君（三首其一）　何梦桂	75
清水寒食感怀　李献可	78
怀王澄伯卧病　沈野	89
秋日闲居之作（十首其七）　屈大均	92
菩萨蛮·清明梦先母与女，思乡感作　许禧身	98
摸鱼子·清明雨夜泊英德，寄弟闰生　朱祖谋	103

醉花阴·清明（二首）　邹韬 110
酹江月·客中清明　张伯驹 125

六、春宴篇

宋元以后，清明春宴逐渐成为了从政府到民间的一大传统，各级政府宴犒百官，黎民百姓宴请亲朋，诗人们免不了于其中咏发情怀，本书择录其中优秀者十七首。

清明日诏宴宁王山池赋得飞字　张说 18
寒食宴于中舍别驾兄弟宅　苏颋 19
清明日宴梅道士房　孟浩然 20
清明宴司勋刘郎中别业　祖咏 23
上巳接清明游宴　独孤良弼 28
寒食内宴（二首）　张籍 29
同锦州胡郎中清明日对雨西亭宴　张籍 30
清明日赐百僚新火　郑辕 30
兴庆池禊宴　刘涣 50
湖州寒食陪太守南园宴　梅尧臣 50
寒食日常州宴春园　陈襄 52
寒食宴提刑致语口号　苏轼 54
寒食宴北山席上走笔得松字　孔平仲 55
寒食日同妇子辈东园小宴　张耒 57
水龙吟·三月十日西湖宴客作　叶梦得 57
喜迁莺·清明　高濂 88
寒食节宴集韬庵寓所　郁曼陀 109

七、春闱篇

有了科举以后，春闱即定于清明时，所以历代清明诗词中有不少是描写春闱情怀的，上榜的高兴，落第的失望，本书择录其优秀者七首。

送綦毋潜落第还乡　王维 21
寒食下第　武元衡 28
送常秀才下第东归　白居易 33
长安清明言怀　顾非熊 37
登第后寒食杏园有宴，因寄录事宋垂文同年　皮日休 42
清明日宴集贤宋学士园时梨花盛开诸老属仆同赋　鲜于枢 81
途中阻雨有怀　王辰顺 94

八、春愁篇

清明诗词中，大部分离不开爱情、春愁主题，其中很多诗词专门描写春愁，本书择其优秀者四十五首。

柳　李商隐 36
长沙春望寄浐阳故人　李群玉 37
寒食前有怀　温庭筠 37
清明日　温庭筠 38
寒食日重游李氏园亭有怀　韩偓 41
寒食都门作　胡曾 42
金谷园落花　李建勋 45

岳阳云梦亭看莲花　　崔橹	45
蝶恋花　　李煜	47
西平乐　　柳永	48
破阵子　　晏殊	49
点绛唇·春愁　　赵鼎	59
次友人寒食书怀韵（二首）　　张元干	60
浣溪沙（六首其五）　　赵彦端	62
紫牡丹（二首其二）　　杨万里	63
清明雨寒（八首其一）　　杨万里	63
蝶恋花　　赵令畤	64
眼儿媚　　朱淑真	65
寒食咏怀　　朱淑真	65
山郭检踏途中闻杜鹃　　王迈	69
满江红·金陵乌衣园　　吴潜	71
清明　　方岳	72
断肠声（寓南歌子）　　张辑	73
临江仙·暮春　　赵长卿	74
摸鱼儿　　何梦桂	75
行春次俞兄韵（二首其一）　　吴龙翰	76
齐天乐·客长安赋　　王易简	77
柳　　吕中孚	79
清明有怀　　陈天锡	80
竹枝词（八首其六）　　倪瓒	83
贺新郎·寒食写怨　　王夫之	91
雨中花·风情　　王士禛	93
清明野步有感　　李寄	94

虞美人·春日偶成　杨芸	94
蝶恋花　吴重憙	96
木兰花　樊增祥	98
春日杂诗（二首其二）　丘逢甲	99
六幺令·清明　张慎仪	100
调笑令·春闺　洪炳文	101
清平乐　沈曾植	102
南浦·用张玉田春水韵　陈衍	102
雨霖铃·春感　陈祖绶	102
蝶恋花　朱祖谋	104
瑞鹤仙·春阴　何振岱	105
临江仙（二首其二）　许宝蘅	109

九、即事篇

清明时节迎来送往，事务繁多，这些在历代诗人笔下都有体现，本书特别选择了三十一首历代描写清明事务的诗词。

清明即事　孟浩然	20
寒食城东即事　王维	21
和杨同州寒食乾坑会后闻杨工部欲到知予与工部有敷水之期荣喜虽多欢宴且阻辱示长句因而答之　白居易	32
丙辰年鄜州遇寒食城外醉吟（五首）　韦庄	40
毗陵道中　唐彦谦	44
清明赤水寺居　罗衮	46

南歌子·晚春　苏轼	53
寒食日孟司理送酒　王庭珪	58
令节即事简睎仲德施　胡寅	61
恋芳春慢（寒食前进）　万俟咏	64
寒食（二首其二）　林希逸	72
菩萨蛮　张抡	72
寒食　文天祥	76
清明次韵周君会（二首其一）　于石	77
清平道中　马定国	78
寒食阻雨招元功会话　刘迎	79
春郊　刘瞻	79
先兄正献公坟所寒食（五首其二）　宋褧	81
送陈秀才归沙上看墓　高启	83
清明日偶题（二首其二）　王世贞	87
落花诗（三十首其二十）　邓云霄	88
辛巳仲春京口望茅止生翱舟不至感述（三首其三）　于鉴之	89
清明前一日　李渔	90
寒食渡江　毛奇龄	92
挽硕堂老人十章历序平生相遇之缘（其六）　成鹫	93
临江仙·清明前二日，买舟扫祭，即事感赋　范贞仪	95
己酉清明同运甫晚望　冯煦	96
次肖蝓留别韵即送入都　陈宝琛	101
蝶恋花（二首）　冯开	107
蝶恋花·春阴，拟六一　姚华	109
北归草七绝（廿五首其八）　黄松鹤	116

十、即景篇

寒食清明，春景初启，清明诗词中有大量专门描写春景以抒怀的作品，本书择其中二十八首收录。

寒食　孟云卿	22
清明（二首）　杜甫	24
阊门即事　张继	25
清明日青龙寺上方赋得多字　皇甫冉	25
徐州送丘侍御之越　皇甫冉	25
同颜使君清明日游，因送萧主簿　皎然	26
扬州春词（三首其一）　姚合	34
思山居一十首·清明后忆山中　李德裕	35
洛阳清明日雨霁　李正封	35
东都所居寒食下作　陈润	36
清明日与友人游玉粒塘庄　来鹄	43
寒食夜　崔道融	44
暮春感兴　宋庠	49
南歌子　苏轼	53
浣溪沙·寒食初晴，桃杏皆已零落，独牡丹欲开　毛滂	57
次友人寒食书怀韵（二首）　张元干	60
寿楼春·寻春服感念　史达祖	67
沁园春·赋子规　方岳	68
西江月　卢祖皋	69
鹧鸪天·清明　周密	76
怨歌（二首其二）　髡残	91

见燕　丁澎 91

江南好　冯煦 96

念奴娇　沈曾植 101

扫花游·江路清明和梦窗　陈洵 106

扫花游·清明　吕惠如 108

曲游春·次周草窗韵　吴湖帆 110

三姝媚　龙榆生 117

（本索引系吴秋野整理）

图书在版编目(CIP)数据

清明遇见诗歌:古今清明诗词选/中华诗词研究院编.—北京:中国书籍出版社,2017.11
ISBN 978-7-5068-6547-0

Ⅰ.①清… Ⅱ.①中… Ⅲ.①诗集—中国 Ⅳ.①I22

中国版本图书馆CIP数据核字(2017)第246692号

清明遇见诗歌:古今清明诗词选
中华诗词研究院 编

策划编辑	向霖晖　吴秋野
责任编辑	向霖晖　刘香兰
责任印制	孙马飞　马 芝
封面设计	东方美迪
出版发行	中国书籍出版社
地　　址	北京市丰台区三路居路 97 号（邮编：100073）
电　　话	（010）52257143（总编室）　（010）52257140（发行部）
电子邮箱	yywhbjb@126.com
经　　销	全国新华书店
印　　刷	北京振兴源印务有限公司
开　　本	710毫米×1000毫米　1/16
字　　数	215千字
印　　张	15.25
版　　次	2018 年 1 月第 1 版　2018 年 1 月第 1 次印刷
书　　号	ISBN 978-7-5068-6547-0
定　　价	49.00元

版权所有　翻印必究